ÉLÉMENS

DE GÉOMÉTRIE.

V

37403

Tous les exemplaires sont revêtus de la signature de l'auteur.

Dupont

CET OUVRAGE SE TROUVE AUSSI :

A Saint-Quentin, chez TILLOY, Libraire ;
A Ribemont, chez l'AUTEUR ;
Et chez les principaux Libraires des Départemens.

IMPRIMERIE ANTH.ᶜ. BOUCHER,
rue des Bons-Enfans, nº. 34,

ÉLÉMENS
DE GÉOMÉTRIE

THÉORIQUE ET PRATIQUE,

Concernant. l'Arpentage, la Stéréométrie, le Jaugeage et la
Trigonométrie; suivis d'un Traité de Gnomonique, et précédés de quelques Notions sur les mesures nouvelles et anciennes; avec un Précis sur la Théorie des Proportions, contenant
de plus diverses questions aussi curieuses qu'utiles.

Par P.-A.-B. DUPONT.

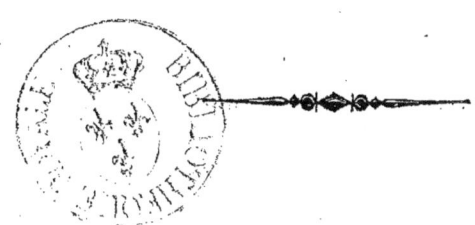

A PARIS,

Chez
{
DELAFOREST, LIBRAIRE, rue des Filles-St.-
Thomas, no. 7;
Anthe. BOUCHER, IMPRIMEUR-LIBRAIRE,
rue des Bons-Enfans, no. 34;
BACHELIER, LIBRAIRE, quai des Augustins,
no. 55.

1825.

PRÉFACE.

Sentant depuis long-temps la nécessité d'un ouvrage qui facilitât l'étude des élémens de Géométrie à un grand nombre de personnes qui ne peuvent consacrer que peu d'années à leur éducation, je n'ai point hésité à faire paraître celui-ci, le croyant propre à satisfaire ce besoin et à remplir l'objet que je me suis proposé. J'ai cherché bien moins à y montrer du savoir qu'à le proportionner à la capacité de ceux à qui il est consacré. Obligé par état à former des jeunes gens destinés, pour la plupart, à rentrer dans leur famille après quelques années de classes, je me suis uniquement appliqué à leur exposer les principes et les connaissances de la Géométrie qui leur sont les plus utiles et les plus nécessaires.

En exposant ces principes, je n'ai jamais perdu de vue ceux pour qui je travaillais ; j'ai choisi pour les démontrer les moyens qui m'ont paru le plus à leur portée ; et s'il se trouve des démonstrations un peu difficiles, c'est qu'il n'est guère possible de les simplifier davantage.

J'ai fait en sorte de procéder avec ordre et méthode ; les calculs anciens sont placés en notes pour ne point interrompre le fil du discours et les faire mieux contraster avec les nouveaux; et immédiatement après l'exposition d'un principe, j'en ai fait application dans les usages ordinaires, persuadé que c'est le seul moyen de les faire bien comprendre et de les graver profondément dans la mémoire.

J'ai placé au commencement de l'ouvrage, à titre d'introduction, la manière d'extraire la racine carrée par approximation; la théorie des proportions y est traitée le plus succinctement possible, et d'une manière suffisante cependant pour ne laisser aucun doute dans les opérations qui en exigent l'application. On s'est étudié surtout à donner des notions exactes des mesures nouvelles, et l'on ne parle des anciennes qu'autant qu'elles peuvent contribuer à en donner une idée exacte et distincte. Elles sont placées en regard dans deux tableaux; le premier contient les nouvelles avec leur valeur exprimée en anciennes; le second donne les rapports exacts des mesures entr'elles : avec ce second tableau, on pourra sans peine traduire une mesure en une autre quelle qu'elle soit, et en dresser des tableaux selon qu'il en sera besoin.

Cet ouvrage se trouve naturellement divisé

par les diverses parties qui le composent; la première est celle qui est traitée le plus au long, parce qu'elle en est comme la principale. Après en avoir exposé les principes, on en a fait l'application, d'abord dans les cas les plus ordinaires, ensuite dans ceux qui se rencontrent moins communément, et qui offrent quelques difficultés.

Quoiqu'à l'égard de plusieurs surfaces on ait proposé différentes manières de les évaluer, il sera à propos, dans la première lecture, de s'en tenir au premier moyen.

Immédiatement après la mesure des surfaces, on a placé la division comme étant sa place naturelle. On ne s'est point fort étendu sur cette partie, parce qu'elle est fondée sur fort peu de principes, et que tout ce que l'on aurait pu dire de plus n'aurait été que des répétitions inutiles.

La deuxième partie comprend la Stéréométrie, ou l'art d'évaluer les volumes des corps et les capacités des vases; son emploi est fort étendu, et il n'y a peut-être personne qui ne se trouve quelquefois dans la nécessité d'en faire usage; aussi en trouve-t-on beaucoup qui s'imaginent la savoir; mais ils ne possèdent qu'une routine souvent bien dangereuse; je conviens

que, dans certains cas, cette routine abrège beaucoup les opérations, mais il faut presque toujours se contenter d'un résultat bien inexact.
En donnant ma méthode, que je crois la seule
véritable, je ne prétends point qu'on l'emploie
toujours; mon intention est seulement de faire
sentir combien on doit se mettre en garde contre ce procédé purement mécanique, lorsqu'il
s'agit d'objets précieux. Le jeaugeage y trouve
sa place, ainsi que la manière de construire une
jauge propre à velter. Je donne aussi le moyen
de réduire l'ancien solivage à une simple multiplication qui s'effectue comme celle des nombres entiers.

La troisième partie, qui contient la Trigonométrie, est traitée d'une manière fort abrégée;
j'en expose succinctement les principes, sans
m'arrêter à faire connaître les formules algébriques, dont se sont servis les géomètres pour
faire leurs calculs, et j'en fais ensuite quelques
applications. On trouvera peut-être mauvais que
je n'aie point assez développé cette partie; mais
je ne pouvais m'étendre davantage sans aller fort
au-delà des bornes que me prescrit la capacité
de ceux pour qui je travaille. Ceux qui voudront
l'étudier plus au long, pourront se procurer des
traités particuliers; il en existe d'excellens en

ce genre, entr'autres celui de M. Lacroix; mais il faut savoir passablement l'algèbre pour le lire avec fruit.

La quatrième partie se compose de la Gnomonique; c'est une science des plus utiles. Les auteurs qui en ont donné des traités l'ont envisagée sous deux rapports différens; les uns, la regardant comme une science fondée sur les principes trigonométriques, se sont crus obligés de n'employer que les calculs pour tracer les lignes horaires sur les surfaces de quelque ordre qu'elles fussent. Ce moyen, fort bon à la vérité pour le tracé des lignes sur une surface du premier degré, devient ordinairement long et rebutant lorsqu'elles sont d'un ordre plus élevé. D'ailleurs une seule mesure prise avec la moindre inexactitude, et substituée dans les formules déduites de l'équation des plans horaires, combinée avec une surface de deuxième ou troisième degré, peut introduire dans la suite des calculs, des erreurs fort considérables, et rendre inutile le travail de quelques jours. Les autres, l'envisageant comme une application de la Géométrie descriptive, se sont obstinés à n'employer que la règle et le compas; cette méthode, qui n'exige que des opérations purement graphiques, est excellente pour tracer les lignes horaires sur des surfaces planes, dont la position est horizontale ou verticale; mais elle devient fort embrouillée lorsqu'il s'agit de construire sur des surfaces autrement situées ou d'une autre nature.

Dans l'abrégé que je donne, je ne me suis point borné à un seul procédé; j'ai employé d'abord les moyens graphiques pour la construction des cadrans les moins compliqués, et j'ai ensuite déduit les autres du cadran horizontal ou du cadran vertical, avec la plus grande simplicité qu'il m'a été possible. Ce moyen m'a paru préférable, parce qu'il est général et qu'il convient à toutes les surfaces. On me reprochera peut-être de ne point procéder assez géométriquement; mais j'aime mieux m'exposer à la critique de quelques-uns qui ne jugent bon que ce qu'ils font, et n'oublier jamais que je travaille pour le plus grand nombre. J'ai cru devoir faire précéder cette partie d'un Précis sur la Sphère, afin de ne mettre personne dans la nécessité de recourir à un autre ouvrage pour lire le mien. J'ai enseigné aussi divers moyens de trouver midi avec exactitude, ainsi que la manière de construire soi-même les instrumens nécessaires : ces instrumens sont en petit nombre et d'un usage fort facile.

TABLE DES MATIÈRES.

PREMIÈRE PARTIE.

De l'Arpentage.

DEUXIÈME PARTIE.

De la Stéréométrie.

FIN DE LA TABLE.

NOTIONS PRÉLIMINAIRES,

ou

INTRODUCTION AU TRAITÉ D'ARPENTAGE,

DE STÉRÉOMÉTRIE ET DE TRIGONOMÉTRIE.

———

1°. Pour éviter les répétitions, on emploie des signes à la place des phrases qui reviennent le plus fréquemment, et on désigne, par les lettres de l'alphabet, les lignes et les longueurs non évaluées en mesures.

$+$ Signifie *plus* ou *ajouté avec*; par exemple : $4+2$ indique que 4 doit être ajouté avec 2.

$—$ Signifie *moins*; on s'en sert pour indiquer qu'un nombre doit être soustrait d'un autre; l'expression $4—2$ équivaut à celle-ci : 4 moins 2, ou de 4 ôtez 2.

$=$ Signifie *égal à* ou *qui égale*; $4+2=6$, par exemple, indique que 4 ajouté avec 2, la somme égale 6.

$×$ Signifie *multiplié par*; $4×2=8$, indique que 4 multiplié par 2, le produit égale 8.

Cette expression $\frac{4}{2}=2$, signifie que 4 divisé par 2, le quotient égale 2.

2°. Pour désigner une ligne, on se sert de deux lettres que l'on place ordinairement aux extrémités,

1

de cette manière : A————B, A————C ; AB ×
AC, signifie que la longueur de la ligne désignée par
AB, évaluée en une mesure quelconque, doit être
multipliée par celle de la ligne désignée par AC, évaluée en la même mesure. Supposons, par exemple,
AB de 6 mètres et AC de 8 mètres; en substituant
aux lignes leur valeur, on a cette expression : 6 × 8
identique avec la précédente ; AB × AC.

3o. Lorsque l'on multiplie un nombre par lui-
même, on forme ce que l'on appelle son carré; 4 × 4,
ou 16 est le carré de 4, les deux facteurs identiques
4 et 4 en sont la racine; ainsi carrer un nombre c'est
le multiplier par lui-même; en extraire la racine, c'est
chercher une quantité qui, multipliée par elle-même,
donne un produit égal à ce nombre; par exemple : la
racine carrée de 1, 4, 9, 16, 25, 36, 49, 64, 81,
100, est 1, 2, 3, 4, 5, 6, 7, 8, 9, 10.

Il est toujours facile d'extraire la racine d'une quantité dont la racine n'est que d'un chiffre; mais lorsqu'elle est un peu plus grande, et qu'elle doit avoir
deux, trois, quatre chiffres et plus, il faut avoir recours à une méthode que nous allons faire connaître,
en cherchant la racine de 46,225.

OPÉRATION.

$$
\begin{array}{l|l}
4,62,25 & 215 \\
\hline
0,62 & 2\,|41\,|425 \\
21,25 & \\
0,00 & \\
\end{array}
$$

Diviseurs.

Je commence par diviser les chiffres par tranches de deux en deux, au moyen d'une virgule, en allant de droite à gauche, afin de savoir combien je dois avoir de chiffres à la racine ; car il y a toujours autant de chiffres que l'on peut faire de tranches dans ceux qui composent la quantité. On s'en convaincra en observant que la racine d'un nombre composé de deux chiffres, ne peut être que d'un chiffre ; tandis que celle de 100, qui est le plus petit nombre possible dont on puisse faire deux tranches avec les chiffres qui le composent, est de deux ; celle de 1000 est encore de deux ; celle de 10,000 de trois. Cela fait, je cherche la racine de la dernière tranche à gauche, qui est 2, que je pose au quotient, au-dessus et au-dessous de la ligne ; multipliant ensuite cette racine par elle-même, le produit est 4 ; je le retranche de la première tranche ; il ne reste rien ; je descends la deuxième tranche 62 vis-à-vis zéro ; je pose au-dessous de la ligne le double de la racine pour servir de diviseur au nombre 6 à gauche du premier chiffre 2 de la seconde tranche ; le quotient qui est 1, je le pose au-dessus et au-dessous de la ligne, à droite de la racine et du double de la racine ; je multiplie ce second diviseur 41 par 1 ; le produit qui égale 41, je le soustrais de 62 ; puis je descends vis-à-vis le reste les chiffres de la dernière tranche ; je prends 42 double de la racine trouvée 21, pour servir de diviseur au nombre 212 ; le quotient est 5, que je pose à droite de 21 et de 42 ; je multiplie ensuite le troisième diviseur 425 par le chiffre 5 ; le produit égale 2125 ; je le soustrais du dernier di-

1..

vidende, il ne reste rien, je pose zéro, et j'ai 215 pour racine.

La preuve de cette opération se fait en multipliant la racine par elle-même, et si l'opération a été bien faite, on retrouvera au produit 46,225.

4°. Si la quantité est telle qu'elle n'ait point de racine exacte, on dit qu'elle est *irrationnelle* ou *incommensurable*; la racine carrée de 7 est de cette nature; on ne peut assigner aucune quantité multipliée par elle-même, dont le produit soit 7. On peut en approcher tant que l'on veut, sans jamais pouvoir y parvenir; le moyen d'approximation consiste à ajouter à la droite du nombre sur lequel on opère, autant de fois deux zéros que l'on veut avoir de chiffres décimaux à la racine; par exemple : pour avoir la racine de 46,285 avec un chiffre décimal, on ajoutera deux zéros, et quatre pour l'avoir avec deux. On opèera sur cette nouvelle quantité comme il est dit ci-dessus.

Pour en faciliter l'intelligence, nous allons faire cette opération, sans la suivre dans les détails.

OPÉRATION,

4,62,85,00	(	215,1
0,62	(	2 |4¹|425|4301
21,85		
0,60,00		
16,99		

Diviseurs.

On trouve donc pour la racine 215 unités et un dixième. Si l'on voulait avoir des centièmes, il n'y aurait qu'à ajouter deux zéros à la droite du dernier reste, et continuer l'opération.

Le lecteur pourra s'exercer à multiplier des nombres par eux-mêmes, pour extraire ensuite la racine du produit, qui sera toujours égale au nombre que l'on aura multiplié.

5º. Si l'on a deux fractions équivalentes, télles que $\frac{4}{2}$, $\frac{6}{3}$, et que l'on en arrange les termes de cette manière : 4 : 2 :: 6 : 3 , ce qui signifie 4 est à 2 comme 6 est à 3 , on aura ce que l'on appelle une proportion ; le premier terme et le dernier se nomment *extrêmes*, et les deux du milieu *moyens*.

Comme une fraction n'est autre chose qu'une division indiquée, dont le numérateur est le dividende et le dénominateur le diviseur, il s'ensuit que chaque fraction a un quotient que l'on appelle *rapport* ou *raison*. Le rapport ou la raison des fractions ci-dessus, par exemple, est 2 ; car les numérateurs 4 et 6 contiennent chacun deux fois leurs dénominateurs 2 et 3; ainsi on pourra toujours former une proportion avec deux fractions d'un rapport égal, telles que celles qui sont enfermées entre deux parenthèses , $\left(\frac{6}{1} \ \frac{12}{6}\right)$, $\left(\frac{12}{9} \ \frac{15}{10}\right)$, $\left(\frac{3}{5} \ \frac{6}{10}\right)$.

6º. La propriété fondamentale d'une proportion est que le produit des extrêmes égale celui des moyens.

Dans la proportion ci-dessus, les extrêmes sont 4 et 3, les moyens 2 et 6 : les produits 4×3 et 2×6 sont évidemment égaux.

On peut faire subir divers changemens aux termes

d'une proportion ; les moyens peuvent devenir extrêmes et les extrêmes moyens : $2 : 4 :: 3 : 6$; $6 : 3 :: 4 :$
2; $3 : 6 :: 2 : 4$; Mais on ne peut pas faire extrême
l'un des termes moyens, tandis que l'autre resterait
moyen.

La transposition des termes n'est point le seul chan-
gement que l'on puisse faire, on peut encore les multiplier, les diviser, et en général faire dessus toutes
les opérations de l'arithmétique, sans que le produit
des extrêmes cesse d'être égal à celui des moyens.

Quand dans une proportion trois termes sont connus, il est facile, d'après cette propriété, de connaître
le quatrième, n'importe lequel. Supposons, par exemple, que dans cette proportion $4 : 2 :: 6 : x$, le quatrième terme, représenté par x, soit le terme inconnu; on formera d'abord le produit des moyens 2×6
$= 12$; le premier terme 4 devant être facteur d'un
produit qui doit égaler 12, on prendra 12 pour dividende et 4 pour diviseur : le quotient, comme on sait,
sera l'autre facteur.

On peut donc conclure que pour connaître l'extrême inconnu d'une proportion, il faut former le
produit des moyens, le diviser par l'extrême connu.
Si le terme inconnu était un des moyens, on formerait
le produit des extrêmes, que l'on diviserait par le
moyen connu : le quotient serait l'autre.

Ceux qui désireront connaître à fond la théorie des
proportions, pourront consulter quelques traités d'algèbre, ils y trouveront de quoi se satisfaire. Ici, notre

but est de faire connaître seulement ce qui est nécessaire pour le traité d'arpentage et de stéréométrie.

Des Mesures relatives à ce traité.

On distingue deux espèces de mesures, savoir : les
nouvelles et les anciennes.

1°. Les mesures nouvelles sont les mêmes dans
toute la France : elles dérivent toutes du mètre, qui
en est la base fondamentale, et dont la longueur est
la dix millionième partie du quart du méridien terrestre, et répond à trois pieds onze lignes deux cent
quatre-vingt-seize millièmes. On le subdivise en parties dix fois plus petites les unes que les autres ; ces
parties retiennent le nom de mètre, que l'on fait précéder des mots *déci, centi, milli*, qui signifient dixième,
centième, millième ; ce qui forme décimètre, centimètre, millimètre.

Les unités supérieures au mètre sont de dix en dix
fois plus grandes ; elles en retiennent aussi le nom précé-
dé des mots *deca, hecto, kilo, myria*, qui signifient
dix, cent, mille, dix mille, et forment décamètre,
hectomètre, kilomètre, myriamètre ; le décamètre
contient 10 mètres, l'hectomètre 10 décamètres, etc.

Le mètre est l'unique mesure de longueur. On le
divise comme il est dit ci-dessus.

Le carré d'un décamètre de côté sert de base aux
mesures agraires, et s'appelle *are*. L'are contient 100
mètres carrés que l'on nomme centiares ou centièmes.

d'are; le centiare se divise en cent centimètres carrés, que l'on nomme centièmes de centiares, etc.

L'hectare est l'unité supérieure à l'are, et le contient 100 fois.

On voit que les subdivisions des mesures agraires sont de cent en cent fois plus petites, et non de dix en dix; car un dixième d'are ne peut être qu'un rectangle d'un décamètre de haut sur un mètre de base, et non un carré dont les dimensions soient des nombres exacts.

Le volume d'un mètre d'équarrissage sur un mètre de haut, sert de base aux mesures des volumes; on l'appelle *stère* ou mètre cube.

Le stère étant le produit de trois dimensions de dix décimètres chacune, contiendra $10 \times 10 \times 10$, ou 1000 décimètres cubes.

Le décimètre cube $10 \times 10 \times 10$, ou 1000 centimètres cubes.

Le centimètre cube $10 \times 10 \times 10$, ou 1000 millimètres cubes, etc.

Il s'ensuit donc que les subdivisions du stère sont de mille en mille fois plus petites, et que les millièmes, par conséquent, répondent aux décimètres; car les subdivisions intermédiaires ne seraient point des cubes dont les dimensions soient des nombres exacts. Un dixième, par exemple, que l'on pourrait appeler *décistère*, serait un volume de 10 décimètres carrés de base, sur un décimètre de haut. Un centième, que l'on pourrait aussi appeler *centistère*, serait en-

core un petit volume de même base, sur un centi‑
mètre de haut.

L'unité des mesures des liquides et des grains est
un vase dont les trois dimensions intérieures sont d'un
décimètre chacune, on l'appelle *litre*.

Le litre se subdivise en parties dix fois plus petites
les unes que les autres. Ces parties s'appellent déci‑
litres, centilitres, millilitres. Les unités supérieures
sont le décalitre, l'hectolitre, le kilolitre et le my‑
rialitre.

Le décalitre contient 10 litres, l'hectolitre 10 dé‑
calitres, le kilolitre 10 hectolitres, et le myrialitre
10 kilolitres.

On voit combien l'uniformité de ces mesures doit
en faciliter la connaissance; leur subdivision déci‑
male, qui rend toutes les opérations semblables à
celles qui s'effectuent sur des nombres entiers, en
rend aussi l'emploi bien commode. Cependant malgré
l'avantage qu'elles offrent, elles sont encore regardées
comme importunes par un grand nombre de per‑
sonnes : cela vient sans doute de la nécessité où elles
se trouvent à chaque instant, de traduire dans ces
mesures les résultats exprimés en anciennes, afin de
se conformer à la loi. Mais si ceux qui ont des nom‑
bres à prescrire, soit comme ingénieurs ou comme
administrateurs , choisissaient des nombres ronds
en nouvelles mesures, au lieu de les prescrire en an‑
ciennes, on ne tarderait point à en avoir une idée plus
favorable, et l'on finirait par en adopter générale‑
ment l'usage.

Ce n'est qu'à regret que je vais parler des mesures anciennes, j'aimerais beaucoup mieux les laisser ignorer, et que la société en bannît l'usage ; *mais tant que les ouvriers ne se déferont point de la toise et du pied qu'ils portent avec eux* pour prendre le mètre, il est impossible qu'elles disparaissent. L'éducation bien dirigée sur ce point peut seule les faire abandonner. C'est donc à messieurs les instituteurs de faire sentir à leurs élèves l'avantage infini des nouvelles sur les anciennes, afin de leur faire perdre l'idée de s'en servir ; et ce n'est qu'en donnant leurs leçons dans cette vue qu'ils peuvent remplir entièrement les devoirs de leur état.

Ces mesures sont variées pour ainsi dire à l'infini ; chaque ville et chaque province a les siennes; pour les connaître toutes il faudrait en faire une étude particulière. La plus en usage et la plus connue est la toise.

On la divise en six parties égales appelées *pied-de-roi*. Le pied se divise en 12 *pouces*, le pouce en 12 *lignes*, la ligne en 12 *points*.

La *toise carrée*, qui est remplacée par le mètre carré, contient 36 *pieds carrés* ; le pied carré 144 *pouces carrés* ; le pouce carré 144 *lignes carrées*, et la ligne carrée 144 *points carrés*.

L'ancienne mesure agraire à laquelle on a substitué l'are, a différens noms ; on l'appelle *perche, verge*, etc., et elle contient plus ou moins de pieds carrés, selon qu'elle est plus ou moins longue. Dans certains pays, la perche est de 18 pieds de long, dans d'autres de

22 ; la verge de quelques pays est de 22 pieds de 11 pouces, et de 24 dans d'autres.

La toise cube à laquelle répond le stère étant le produit de trois dimensions, contient 6 × 6 × 6, ou 216 pieds cubes.

Le pied cube 12 × 12 × 12, ou 1728 pouces cubes.

Le pouce cube 12 × 12 × 12, ou 1728 lignes cubes.

Pour évaluer le bois, les charpentiers se servent d'un volume de trois pieds cubes, qu'ils appellent *solives*. Une pièce de bois d'un pied d'équarrissage sur 3 pieds de long forme une solive ; la solive se divise en 432 chevilles ; la cheville est un petit prisme ou bloc d'un pouce d'équarrissage sur un pied de long, et vaut 12 pouces cubes.

Le bois de chauffage s'évalue à la *corde;* la corde a 8 pieds de long, 4 de haut ; sa largeur n'est point fixée, elle est égale à la longueur des bûches.

La mesure des grains qui est la plus connue, et à laquelle on a substitué le décalitre, est le septier. Le septier égale deux mines, la mine deux minots, le minot trois boisseaux, le boisseau seize litrons, le litron 41 pouces cubes.

La mesure des liquides à laquelle répond le décalitre, est la *velte*. La velte vaut quatre pots, le pot 2 pintes de Paris, la pinte *idem* 47 pouces cubes à très peu près.

Comme les mesures anciennes sont encore plus connues que les nouvelles, nous allons réunir ces dernières dans un tableau, et nous placerons en regard leurs correspondances aux anciennes, afin que l'on puisse s'en faire une idée juste et les comparer. Nous donnerons ensuite dans un second tableau, les rapports exacts de ces diverses mesures, pour servir à les convertir les unes dans les autres, et à en dresser des tableaux selon les besoins.

(*Voir* le Tableau ci-contre.)

Ier. TABLEAU DES MESURES.

NOMS des Mesures nouvelles.	RAPPORTS.	NOMS VULGAIRES.	CORRESPONDANCE aux anciennes Mesures.
		Mesures de Longueur.	
Millimètre veut dire..	Millième partie du mètre...	....	= 1/2 ligne.
Centimètre.	Centième partie du mètre...	....	= 4 lignes 1/2.
Décimètre.	Dixième partie du mètre...	....	= 3 pouces 8 lignes.
Mètre..........	Unité principale...........	....	= 3 pieds 11 lig. 296/1000.
Décamètre.	Dix mètres.	Perche ou verge.....	= 30 pieds 9 pouces 1/2.
Hectomètre........	Cent mètres.	....	= 51 toises 2 pieds.
Kilomètre.........	Mille mètres.	Un mille.	= 513 toises.
Myriamètre.	Dix mille mètres.	Lieue.	= 5130 toises 1/2.
		Mesures de surface pour les surfaces et les petits terrains.	
Mètre carré.	....	....	= 9 pieds carrés 1/2.
		Mesures agraires.	
Centiare veut dire...	Centième d'are.	....	= 9 pieds carrés 1/2.
Are.	Cent mètres carrés.	Perche ou verge carrée...........	= 26 1/3 de toises carrées.
Hectare...........	Cent ares ou 10,000 mèt. car.	Arpent.	= 2633 1/3 de toises carrées.
		Mesures pour les volumes.	
Centistère.	Centième partie du stère...	....	= 42 chevilles.
Décistère.	Dixième partie du stère.....	Solive (mesure de bois de charpente).	= 420 id.
Stère.	C'est le mètre cube.	....	= 29 pieds cubes 1/6.
		Pour les liquides et pour les grains.	
Millilitre veut dire...	Millième de litre.	....	= Plein un dé.
Centilitre.	Centième de litre.	....	= 1/2 pouce cube.
Décilitre.	Dixième de litre.	Verre.	= 5 pouces cubes.
Litre.........	Unité principale...........	Pinte.	= 50 pouces cubes 1/2.
Décalitre.	Dix litres.	Velte.	= 504 1/10 id.
Hectolitre.	Cent litres.	Boisseau (*).	= 2 pieds cubes 92/100.
Kilolitre.	Capacité du mètre-cube....	Muid.	= Comme ci-dessus.

(*) Le Boisseau dont on fait usage, vaut 1/8 d'hectolitre ; on se sert aussi d'un double Boisseau , ou 1/4 d'hectolitre.

(*Page* 12.)

2ᵉ. TABLEAU

Contenant les rapports exacts des mesures entre elles pour servir à les comparer.

Mesures linéaires.

NOUVELLES MESURES.		ANCIENNES MESURES.	MESURES ANCIENNES.		MESURES NOUVELLES:
Centimètre....	vaut en.	Lignes.... 4.43296	Ligne....	vaut en.	Millimètres. 2.25583
Décimètre....	idem.	Pouces.... 3.69413333	Pouce...	idem.	Centimètres. 2.70699
Mètre....	idem.	Pieds.... 3.07844444444	Pied....	idem.	Décimètres. 3.24859385
Décamètre....	idem.	Toises.... 5.13074074074	Toise....	idem.	Mètres...... 1.94903651

Mesures carrées.

NOUVELLES MESURES.		ANCIENNES MESURES.	MESURES ANCIENNES.		MESURES NOUVELLES:
Centimètre....	vaut en	Lig. carr. 19.65113436616	Ligne carr.	vaut en.	Millim. carr. 5.08876
Décimètre....	idem.	Pouc. carr. 1.36466210.84	Pouce carr.	idem.	Centim. carr. 7.32.75213
Mètre ou centiare.	id.	Pieds carr. 9.476820197.53	Pied carr.	idem.	Décim. carr. 10.522062660.3
Décamètre ou are.	id.	Toises carr. 26.324500548.7	Toise carr.	idem.	Mètres carr. 5.798742557

Mesures cubiques.

NOUVELLES MESURES.		ANCIENNES MESURES.	MESURES ANCIENNES.		MESURES NOUVELLES:
Centimètre....	vaut en.	Lig. cub.. 87.1126935796	Ligne cub.	vaut en.	Millim. cub. 11.479383433
Décimètre (litre).	idem.	Pouc. cub. 50.412437835.4	Pouce cub.	idem.	Centim. cub. 19.8365745.7
Mètre cube (stère).	id..	Pieds cub. 29.173864488.1	Pied cub.	idem.	Décim. cub. 54.277255226
			Toise cub.	idem.	Mètres cub. 7.403887136

On convertira sans peine, à l'aide de ce Tableau,
les mesures nouvelles en anciennes et les anciennes en
nouvelles. Si ce sont des anciennes , par exemple,
qu'il s'agisse de convertir en nouvelles, il suffira de
les désigner par le nombre des pieds, pouces , lignes
qu'elles contiennent ; de multiplier ensuite ce nombre par ce que vaut une de ses unités, soit en mètres,
en décimètres ou en centimètres ; le produit indiquera
ce que l'on cherche ; exemple : la perche ou verge de
20 pieds de long vaut 400 pieds carrés ; pour la convertir en centiares, on multipliera par 10 centiares ,
$522062603 = 1$ pied carré, et on aura 42 centiares
088 millièmes un peu plus.

Si ce sont des centiares que l'on veuille convertir
en perches ou verges , on en cherchera d'abord la
valeur, ou en toises ou en pieds, etc. , que l'on divisera ensuite par le nombre de toises ou de pieds, etc.,
que vaut la mesure en laquelle on veut les convertir.

ÉLÉMENS
DE GÉOMÉTRIE,

CONCERNANT

L'ARPENTAGE, LA STÉRÉOMÉTRIE
ET LA TRIGONOMÉTRIE.

(Les chiffres placés au commencement des alinéa désignent les articles ; ceux qui sont entre deux parenthèses (2) avertissent qu'il faut recourir au numéro cité pour concevoir la chose énoncée ; et ceux placés également entre deux parenthèses (*fig.* 2), mais précédés de *fig.*, indiquent les numéros des figures. Les chiffres romains marquent l'ordre des problèmes ou questions.)

PREMIÈRE PARTIE.

De l'Arpentage.

L'arpentage a pour objet la mesure et la division des surfaces.

La surface est une étendue sans épaisseur, terminée par des lignes qui en sont les limites ; ces lignes sont droites ou courbes.

PREMIÈRE LEÇON.

1º. *De la Ligne droite et des Lignes courbes.*

1. La ligne droite (*Fig.* 1) est le plus court chemin d'un point à un autre.

2. Si du point A (*Fig. 2*), on passe par B pour se rendre en C, en changeant à chaque instant de direction, le chemin que l'on aura tracé est une ligne courbe ; on voit à l'inspection de la figure, que les courbes sont diversifiées à l'infini. Parmi les courbes, il en est une qui est d'un grand usage, c'est la courbe circulaire ; on la décrit avec le compas, en fixant l'une des pointes et faisant mouvoir l'autre jusqu'à ce qu'elle ait fait une révolution, et soit revenue au point d'où elle est partie.

3. Soit ABCD (*Fig. 3*), cette ligne circulaire ; on nomme *cercle*, l'espace enfermé par cette courbe, et *circonférence* cette même courbe qui lui sert de limite. (Il ne faut point confondre l'un avec l'autre.)

Le point O où était la pointe fixe du compas en est le centre ; et les lignes AO, BO, etc., que mesurent la distance du centre à la circonférence, en sont les rayons. (Il est clair que tous les rayons sont égaux.)

On nomme *diamètre* toute ligne, comme AOC, BOD, etc., qui passe par le centre et se termine à la circonférence, et *arc* une portion quelconque, AMB de la circonférence.

On nomme *corde* une ligne AB qui soutient un arc, et *segment* (*Fig. 4*) l'espace terminé par un arc et une corde ; enfin on nomme *secteur* (*Fig. 5*) une portion enfermée entre deux rayons et un arc.

La circonférence d'un cercle, grand ou petit, se divise en 360 parties égales, qu'on appelle *degrés* ; chaque degré en 60 parties que l'on appelle *minutes* ; chaque minute en 60 autres que l'on appelle *secondes*.

Voici la manière d'écrire ces différentes parties :
17°, 12′, 11″ ; ce qui signifie 17 degrés , 12 minutes, 11
secondes, etc. Quelques savans la divisent en 400 parties égales qu'ils appellent *grades* ; ils divisent aussi
chaque grade en 100 autres parties égales, et ainsi de
suite ; mais nous nous en tiendrons à la première division pour ce qui concerne ce traité.

2°. *De la Mesure des Lignes.*

4. Une ligne droite (*Fig.* 6) se mesure en appliquant dessus une autre ligne prise pour unité de
mesure autant de fois qu'il est possible. L'unité de
mesure est un mètre, un décamètre, etc. Mais il n'en
est point de même d'une ligne courbe ; on ne peut y
appliquer exactement de mesure ; il faut donc employer un autre moyen. Les géomètres ont reconnu
qu'il existait toujours le même rapport entre le diamètre du cercle et la circonférence , quelle qu'en soit
la grandeur. Archimède a trouvé que ce rapport est
à-peu-près comme celui de 7 à 22 : après lui on en
a trouvé un autre un peu plus approché, qui est
comme celui de 100 à 314 ; on peut employer l'un ou
l'autre ; mais quand on n'a pas besoin d'une très
grande exactitude, on doit préférer le premier comme
étant le plus simple.

5. On connaîtra donc la mesure de la circonférence
d'un cercle quand on connaîtra celle de son diamètre , en faisant une proportion dont le premier terme
soit 7 , le deuxième 22, et le troisième le nombre qui

2

exprime la mesure du diamètre ; et réciproquement on connaîtra celle du diamètre quand on connaîtra celle de la circonférence, en mettant 22 pour le premier terme de la proportion, 7 pour le deuxième, et pour le troisième le nombre qui exprime la mesure de la circonférence du cercle dont on cherche le diamètre. Pour nous rendre ces principes familiers,

I. *Cherchons la circonférence d'un cercle qui a* 14 *mètres de diamètre.*

OPÉRATION.

$$7 : 22 :: 14 : x = \frac{22 \times 14}{7} = \frac{308}{7} = 44 \text{ mètres.}$$

Je multiplie les moyens 22 et 14 l'un par l'autre, et j'ai pour produit 308 que je divise par 7 ; le quotient = 44, donne la circonférence demandée.

II. *Supposons maintenant que la circonférence soit connue et que l'on cherche le diamètre.*

OPÉRATION.

$$22 : 7 :: 44 : x = \frac{7 \times 44}{22} = \frac{308}{22} = 14 \text{ mètres.}$$

Le produit des moyens $7 \times 44 = 308$ que l'on divise par 22 ; ce qui donne pour le diamètre 14, comme cela doit être.

DEUXIÈME LEÇON.

Des Angles et de leur Mesure.

6. Quand deux lignes droites (*Fig. 7.*) se rencon-contrent, elles renferment un espace susceptible de mesure que l'on appelle *angle* ; les lignes AC et AB en sont les côtés, et le point A où elles se rencontrent, en est le sommet. Quand on désigne un angle par trois lettres, on place au milieu celle qui est au sommet ; si on ne le désigne que par une seule, c'est toujours par celle qui est au sommet.

7. Si du sommet A, pris pour centre, et d'une ou-verture de compas prise à volonté, on décrit une cir-conférence CNBDFL, l'arc CNB, intercepté entre les côtés de l'angle, en sera la mesure. Il est évident que la grandeur de l'angle ne dépend point de la lon-gueur des côtés, puisqu'on peut les prolonger à l'in-fini, sans que l'angle en devienne plus grand ou plus petit (*).

8. Un angle CAD, qui a pour mesure un quart de circonférence, s'appelle *angle droit* ; alors il est évi-dent que si on prolonge le côté CA jusqu'en F, on aura deux angles droits, un de chaque côté de la ligne AD, et que les deux ensemble auront pour mesure la moitié de la circonférence ; il est encore évident que la même

(*) Dans la pratique on se sert pour mesurer les angles d'un instrument appelé graphomètre ; c'est une demi-cir-conférence divisée en 180 degrés.

2..

ligne DA ne pend point plus d'un côté que de l'autre sur la ligne CAF, puisque le point D est également éloigné des deux points C et F, qui sont à égale distance du point A.

On nomme *angle aigu* l'angle qui a pour mesure un arc moindre qu'un quart de circonférence, et *angle obtus* celui qui a pour mesure plus d'un quart de circonférence.

9. Ce qu'il faut ajouter à un angle aigu pour le rendre droit, s'appelle *complément*, et ce qu'il faut y ajouter pour valoir deux droits, s'appelle *supplément*; un angle de 40°, par exemple, a, pour complément, un angle de 50°, et pour supplément un angle de 140°. Un angle de 140° a pour supplément un angle de 40°, et un angle de 50° a pour complément un angle de 40°.

TROISIÈME LEÇON.

1°. *Des Lignes perpendiculaires et des Lignes obliques.*

10. Quand deux lignes qui se coupent (*Fig.* 8) ne pendent point plus d'un côté que de l'autre (ce qui arrive lorsqu'elles forment un angle droit de chaque côté), ces lignes sont appelées *perpendiculaires*; AC, par exemple, est perpendiculaire sur BD, et, par conséquent, un point quelconque N pris sur AC, est, comme nous l'avons observé plus haut, à égale distance des points B et D que je suppose aussi à égale

distance du point C où les deux lignes se coupent; ce qui fournit un moyen bien simple de lever une perpendiculaire sur une ligne donnée.

I. *Soit AB (Fig. 9), une ligne sur laquelle on veut élever une perpendiculaire qui la coupe au point C.*

1º. Le point C se trouvant sur AB entre A et B, je prends à volonté deux points M et N, également distans de C, et de ces deux points pris pour centre, je décris alternativement deux arcs de cercle, dont l'intersection L est le point où doit passer la perpendiculaire demandée; car il est évident que le point L, où les deux arcs se coupent, est à égale distance de M et de N, puisque les deux rayons ML et NL, qui mesurent cette distance, sont égaux.

2º. Si le point C, où la perpendiculaire doit tomber, n'était point déterminé sur la ligne AB, il suffirait de décrire de chaque côté deux arcs qui se coupent et joindre les deux points d'intersection L et C. (*Voyez* la même figure.)

3º. Lorsque le point C, où doit passer la perpendiculaire, sera hors de la ligne AB (*Fig.* 10), on prendra sur la ligne AB deux points M et N, à égale distance de C, et on décrira du côté opposé deux arcs dont l'intersection sera un second point L où passera la perpendiculaire; ce qui est suffisant pour pouvoir la mener.

4º. Quand le point C, où doit tomber la perpendiculaire, est à l'extrémité de la ligne AB (*Fig.* 11), on

prend six portions égales d'une longueur arbitraire
sur AB à partir du point C, et avec une ouverture de
compas qui égale six de ces parties, on décrit de l'extrémité de la quatrième un arc qui s'entrecoupe avec
un autre arc décrit du point C, avec une ouverture
de compas de la longueur de trois portions, et la ligne qui unit leur intersection D au point C, est encore la perpendiculaire demandée ; car CD ne pen-
dra point sur AC ; on peut s'en convaincre en prolongeant la ligne AB au-delà de C, et en faisant sur
le prolongement la même opération que sur AB.
(*Voyez* la figure.)

Dans la pratique, l'équerre est l'instrument dont
on se sert pour lever les perpendiculaires.

11. Toute ligne, comme AB, AC et AD (*Fig.* 8),
qui n'est point perpendiculaire, se nomme *oblique*.
Il est évident que, du point A, on peut en mener
une infinité sur BD, mais que l'on ne peut mener
qu'une seule perpendiculaire ; il est encore évident
que la ligne la plus courte que l'on puisse mener entre un point et une ligne, est toujours une perpendiculaire ; de-là l'emploi que l'on en fait à mesurer la
hauteur des surfaces et des corps.

2°. *Des Lignes parallèles.*

12. Deux lignes AB, BC (*Fig.* 12), également
distantes l'une de l'autre dans toute leur longueur,
sont appelées *parallèles* ; la ligne LSM qui les coupe
est une oblique ; les angles BLM, CLS, opposés par

le sommet, sont égaux ; CLS égale aussi son corres-
pondant BSM'= LSA ; d'où l'on peut conclure que les
angles CLS, LSA, que l'on appelle *alternes, internes*,
sont pareillement égaux. L'égalité des angles alternes,
internes, fournit un moyen bien simple de mener par
un point donné une ligne parallèle à une autre.

I. Soit AB (*Fig.* 13), *une ligne à laquelle on veut
mener une parallèle par le point* L.

On décrit du point L, pris pour centre et d'un intervalle quelconque, un arc indéfini GM qui coupe
la ligne AB ; ensuite du point d'intersection G pris
aussi pour centre, on décrit encore avec une même
ouverture de compas un autre arc LN ; puis on prend
FG=NL, et la ligne LF, menée par ces deux points,
est la parallèle demandée.

QUATRIÈME LEÇON.

Du Triangle.

13. Il faut toujours au moins trois lignes droites
pour enfermer un espace ; les lignes qui le renferment se coupent deux à deux, et forment trois angles, A, B et C (*Fig.* 14) ; de-là vient le nom de
triangle que l'on donne à cette figure, dont les côtés
sont AB, AC et BC, et A, B, C les angles.

14. Le triangle a différens noms ; on le nomme *équilatéral*, s'il a trois côtés égaux (*Fig.* 14) ; *isocèle*

(*Fig.* 15), s'il en a deux ; *scalène*, s'il a ses trois côtés inégaux. (*Fig.* 16.)

On le nomme encore *rectangle* (*Fig.* 17), quand
il a un angle droit ; *obtusangle* (*Fig.* 16), quand il
a un angle obtus ; *Acutangle* (*Fig.* 14), quand il a
tous ses angles aigus, et *équiangle* (*Fig.* 14), quand
il a tous ses angles égaux. Dans un rectangle, le côté
opposé à l'angle droit s'appelle *hypothénuse*.

15. Le carré de l'hypothénuse est égal à la somme
des carrés faits sur les deux autres côtés.

Les géomètres démontrent que cette propriété a
toujours lieu, quelle que soit la longueur des côtés ;
nous ne pouvons prouver ici cette proposition que
pour un cas particulier. Soit ABC, un triangle rectangle (*Fig.* 17) en A, dont le côté AC = 3 mètres,
et le côté AB = 4 mètres. Dans cette hypothèse, l'hypothénuse BC = 5 mètres (on peut s'en convaincre,
en observant que cette construction est la même que
celle du numéro 10, où est enseignée la manière de
lever une perpendiculaire à l'extrémité d'une ligne);
et son carré = 5 × 5 = 25, celui de AC = 3 × 3 = 9, celui
de AB = 4 × 4 = 16 ; or 9 + 16 = aussi 25 ; ce qui fait la
matière de la proposition.

16. Si on unit ensemble deux triangles isocèles et
rectangles, l'un en A et l'autre en D (*Fig.* 18), de
manière que leurs hypothénuses CB se confondent,
il est clair que l'on aura une figure de quatre côtés
égaux (*Fig.* 19), qui, en se coupant deux à deux,
formeront quatre angles droits, et que l'hypothénuse

CB commune à l'un et à l'autre, en divisant la figure
en deux parties égales, divisera aussi les deux angles
droits C et B en deux angles égaux de 45° chacun; en
effet, C et B sont éloignés de D comme de A ; ce qui
ne pourrait être si l'angle ABC était plus grand ou
plus petit que l'angle CBD; d'où il suit que la somme
des trois angles d'un triangle est de 180°.

M. Lacroix prouve ainsi cette même proposition : à l'angle
A (*fig.* 20) du triangle quelconque ABC, menez AD parallèle au côté BC ; les angles ABC et EAD seront égaux, puisque AD est parallèle à BC ; les angles DAC et BCA alternes,
internes de la sécante AC, seront aussi égaux (12), donc
l'angle EAC, composé des angles EAD et DAC, sera égal à
la somme des angles ABC et ACB du triangle proposé ; et en
joignant à l'angle EAC le troisième angle CAB, on aura autour du point A, et sur la droite EB, trois angles, EAD,
DAC, CAB, équivalant à ceux du triangle ABC, et égaux à
deux droits.

17. Concluons donc que dans un triangle, deux
angles étant connus, le troisième l'est aussi. Concluons encore que les côtés opposés à des angles égaux
sont égaux, et que le plus grand côté est toujours
opposé au plus grand angle (*).

(*) Si l'on inscrit un triangle dans un cercle (*Fig.* 21), ce
qui est toujours possible, chaque angle aura évidemment
pour mesure la moitié de l'arc appuyé sur le côté opposé,
puisque leur somme, comme on vient de le dire, égale 180°
ou une demi-circonférence; et dans l'hypothèse que le triangle
inscrit, soit équiangle ou équilatéral, chaque angle sera le
tiers de 180° ou 60°.

Pour donner un exemple de l'usage qu'on en peut faire.

I. *Mesurons la largeur d'une rivière* (*Fig.* 24).

Je place d'abord une équerre ou un graphomètre au point C ; puis je fixe un objet quelconque A sur le bord opposé ; ensuite ayant fait planter un jalon D, de manière que CA, CD forment un angle droit C, je lève l'instrument à la place duquel je plante encore un jalon ; de là je recule vers D jusqu'à ce qu'apercevant A et C, l'angle en X soit de 45° ; alors l'angle en A en aura aussi 45° (16) ; cela fait, je mesure CX qui égale CA, comme étant l'un et l'autre opposés à des angles égaux.

II. *Trouver la longueur qu'il faut donner à une échelle pour monter commodément à un grenier élevé de 6 mètres.*

Si l'échelle devait se placer verticalement, il fau-

En unissant par le sommet O (*Fig.* 22), six triangles équilatéraux, et en décrivant une circonférence avec l'un des côtés AO pris pour rayon, on reconnaîtra sans peine que les côtés AB, BC, CD, etc., de l'hexagone ABCDEF, sont égaux au rayon du cercle.

On inscrira donc un hexagone dans un cercle en portant le rayon du cercle six fois sur la circonférence, et en joignant par des droites les points de division.

Pour inscrire un carré (*Fig.* 23), il n'y a qu'à tracer deux diamètres AC, BD perpendiculaires l'un sur l'autre, joindre leurs extrémités par des droites.

drait lui donner 6 mètres ; mais comme elle doit être posée obliquement, il faut la faire plus longue.

Soit AC (*Fig.* 8), qui répond à la hauteur du mur, CE = la distance du pied de l'échelle à celui du mur, qui égale le $\frac{1}{3}$ de CA. L'angle ACE étant droit, AE, qui répond à l'échelle, sera l'hypothénuse du triangle rectangle ACE ; par conséquent l'échelle ou AE égalera la racine carrée de 36+4 ou 40 = 6 mètres 32 centimètres un peu plus.

CINQUIÈME LEÇON.

Des Triangles semblables et de leur propriété.

18. Deux triangles sont semblables lorsque tous les angles de l'un sont réciproquement égaux à tous les angles de l'autre ; si, par exemple, l'angle *dfe* (*Fig.* 25) est égal à l'angle ACB (*Fig.* 26), et qu'en même temps l'angle *def* = ABC, *edf* = BAC, les deux triangles *def* et ABC seront semblables. La similitude des triangles se reconnaît, 1°. lorsqu'ils ont seulement deux angles égaux chacun à chacun ; car le troisième angle de l'un est nécessairement égal au troisième angle de l'autre (16) ; 2°. lorsqu'ils ont leurs côtés parallèles ; 3°. lorsqu'ils ont leurs côtés perpendiculaires. On dit qu'ils sont égaux quand tous les angles et les côtés de l'un sont égaux à tous les angles et à tous les côtés de l'autre. Les côtés opposés aux angles égaux, se nomment *dimensions homologues*; *df*, par exemple, est homologue à AC, *ef*

l'est à BC et *de* à AB ; en général, on nomme dimensions homologues les côtés correspondans des figures semblables; tous les diamètres et tous les rayons
des cercles sont homologues ; il en est de même des
circonférences ; car tous les cercles sont des figures
semblable.

19. Si l'angle *f* du petit triangle *def* est égal à
l'angle C du triangle ABC, et que l'on prenne sur les
côtés AC et BC deux portions *d*C et *e*C, respective-
ment égales à *df* et à *ef*, on formera, en tirant *de*,
un petit triangle *de*C égal au triangle *def*, soit
*d*C = *e*C = 2 mètres, et *de* = 1 mètre. Dans l'hypothèse que les côtés du triangle ABC soient triples des
côtés correspondans du petit triangle *de*C ou *def*,
AC = 6 mètres, AB = 3 mètres, et BC = 6 mètres, et
formeront ensemble cette proportion géométrique :
2 : 1 :: 6 : 3 ou 1 : 2 :: 3 : 6, ou bien encore, 3 : 1 :: 6 : 2;
ce qui prouve évidemment que les côtés homolo-
gues des figures semblables sont proportionnels entre
eux.

20. Concluons donc que dans deux triangles semblables, lorsque l'on connaît deux côtés dans l'un et
un troisième dans l'autre, homologue à l'un des deux
premiers, on en connaîtra aisément un quatrième homologue encore à l'un des deux premiers. Supposons,
par exemple, que le côté CB soit inconnu, on for-
mera cette proportion : $df : AC :: fe : x$ ou $CB = \frac{AC \times fe}{df}$, ou bien $de : AB :: fe : x$ ou $CB = \frac{AB \times fe}{de}$,
et en substituant aux lignes leur valeur, on aura :

$2 : 6 :: 2 : x = \dfrac{6 \times 2}{2} = 6$ métr., et $1 : 6 :: 2 : x = \dfrac{5 \times 2}{1} =$
6 mètres , comme nous le savions déjà. On détermi-
nerait de même les autres côtés.

21. On peut connaître aussi la longueur de DC ,
lorsque l'on connaît celle des côtés AB, AD et DE,
en multipliant AD par DE et en divisant le produit
par la différence des deux côtés AB et DE. Il ne serait point plus difficile de connaître CE connaissant
BE, DE et AB (*).

*Quelques applications des Triangles semblables ou
proportionnels.*

I. *Mesurer la distance du point* A *au point* B, *supposé inaccessible* (*Fig.* 27.)

Faites l'angle A de 90°, puis reculant jusqu'en x,

(*) Si notre lecteur avait une idée de l'algèbre, voici
comme on le lui démontrerait :

Représentant par x la partie inconnue DC, on aura, à
cause des triangles semblables ABC et DEC,

AD $+ x$: AB :: x : DE ; d'où l'on tire cette équation :

AB $\times x =$ DE $\times x +$ AD $\times$ DE ; laquelle donne en transpo-
sant et en divisant $x = \dfrac{\text{AD} \times \text{DE}}{\text{AB} - \text{DE}}$, expression qui fait voir
évidemment que la valeur de x ou DC se détermine comme
nous l'avons dit.

En substituant aux lignes, dans cette dernière expression,
la valeur que nous leur avons déjà supposée, elle devient :

$x = \dfrac{4 \times 1}{4 - 2} = \dfrac{4}{2} = 2$ mètres comme nous le savions déjà.

je suppose , visez le point B ; après avoir implanté un jalon N , en un point quelconque sur le rayon lumineux BX, levez sur AX la perpendiculaire CN, vous aurez par ce moyen deux triangles semblables ABX et CNX ; car l'angle A est droit, l'angle C l'est aussi, et ils ont de plus un angle commun X, donc les deux autres sont aussi égaux l'un à l'autre (16) ; ce qui ne pourrait être , s'ils n'étaient point semblables. Soit AX = 42 mètres , CX = 8 mètres et CN = 12 mètres, on formera cette proportion :

$$8 : 12 :: 42 : x \text{ ou } AB = \frac{12 \times 42}{8} = \frac{504}{8} = 63 \text{ mètres.}$$

La distance du point A au point B est donc de 63 mètres.

II. *Mesurer la hauteur d'un clocher accessible de tous côtés.* (*Fig. 28.*)

On prend une perche , la plus droite possible et d'une longueur quelconque , que l'on plante verticalement au point F ; ensuite on cherche le point A où doit aboutir le rayon visuel CDA qui part du bout du clocher C et rase l'extrémité D de la perche FD ; ce qui forme deux triangles semblables FAD, BAC ; cela fait, je mesure FA homologue à AB , puis la longueur de la perche FD homologue au côté BC dont le clocher tient la place. Soit AB = 6 mètres , FA = 2 mètres , FD = 3 mètres ; on aura cette proportion : $2 : 3 :: 6 : x$; le produit des moyens $3 \times 6 = 18$ qu'il faut diviser par 2 ; ce qui donne 9 mètres pour la valeur du quatrième terme x ou BC , qui représente la

(31)

hauteur du clocher. Ainsi le clocher a donc, dans cette
hypothèse, 9 mètres de haut.

Remarque. On pourrait se servir du graphomètre
et faire l'angle X de 45°; l'angle en C (16) en aurait
aussi 45° ; car l'angle B est droit, par conséquent le
côté BX égalerait la hauteur du clocher.

III. *Mesurer la distance du point* D *au point* B,
supposé inaccessible. (*Fig.* 29.)

Du point A, pris à une distance quelconque, on
visera le point B, de manière que le rayon visuel passe
par le point D ; puis venant en C, on visera de nouveau l'objet B, et on fera planter un jalon E, où le
rayon visuel DE, qui doit toujours être parallèle à la
base AC, coupe l'autre rayon visuel CEB; cela fait,
on mesurera exactement la longueur de AC, AD,
DE ; soit AC = 7 mètres, AD = 8 mètres, DE = 5
mètres ; en multipliant 5 mètres par 8 mètres, et en
divisant le produit par la différence de 7 à 5 = 2 mètres, on trouve 20 mètres pour la distance du point D
au point B.

C'est aussi sur la propriété des triangles proportionnels qu'est construite l'échelle de proportion (*Fig.* 30).
On appelle ainsi une règle quelconque divisée en un
certain nombre de parties égales subdivisées elles-
mêmes en d'autres parties plus petites avec un certain art ; chacune de ces parties représente une longueur proportionnée au décamètre ou au mètre ou à
la toise ; elle sert à représenter en petit ce qui est en
grand,

IV. *Proposons-nous d'en construire une dont les parties représentent des décamètres, des mètres et des décimètres.*

Soit AB la ligne sur laquelle on veut la construire. Prenez à volonté dix parties égales sur cette ligne, en commençant en A; supposons que chaque partie représente un décamètre; pour les diviser en mètres, levez au point A la perpendiculaire AC, que vous diviserez aussi en dix parties; par le point C, menez à AB une parallèle CD, que vous diviserez de même; joignez ensuite les points DB par une ligne; après l'avoir divisée en dix parties comme son opposée AC, vous mènerez par les divers points de division, des parallèles à CD et à AB; cela fait, vous tirerez l'oblique IB, et le décamètre sera divisé en dix mètres. Maintenant si on prend BL égale à un mètre, et que l'on construise le parallélogramme BLDM, le mètre BL se trouvera divisé en décimètres, en menant la diagonale DL; et l'on aura une échelle parfaite. On saisira aisément la manière de s'en servir.

SIXIÈME LEÇON.

Des Surfaces.

22. Les surfaces planes, terminées par un assemblage de lignes quelconques qui en sont les côtés, s'appellent *polygones*; on nomme *triangle* celui de trois côtés, *quadrilatère* celui de quatre, *pentagone*

celui de cinq , *hexagone* celui de six ; et , en général, on appelle *polygone* les surfaces qui ont plus de six côtés.

Nous avons parlé du triangle.

Le quadrilatère , dont les quatre angles et les quatre côtés sont égaux, se nomme simplement *carré* (*Fig.* 19) ; on l'appelle *parallélogramme* (*Fig.* 31), quand il a ses angles inégaux et ses côtés opposés parallèles, et *carré long* si ses angles sont égaux (*Fig.* 32), et ses côtés opposés parallèles et égaux ; on l'appelle *trapèze* quand il n'a que deux côtés parallèles(*Fig.* 33), et *trapézoïde* (*Fig.* 34) quand aucun de ses côtés ne sont ni parallèles, ni égaux ; enfin on le nomme *lozange* (*Fig.* 35) quand il a les angles opposés égaux et les quatre côtés aussi égaux. On nomme *pentagone régulier* (*Fig.* 36) celui dont les angles et les côtés sont égaux, et *pentagone irrégulier* celui dont les côtés sont inégaux ; il en est de même de l'*hexagone* (*Fig.* 37) et de l'*heptagone.*

23. Tout polygone peut se réduire en autant de triangles qu'il a de côtés moins deux (*Fig.* 36), en menant autant de diagonales qu'il a de côtés moins trois.

24. Dans un triangle , chaque côté peut être pris pour base , cela est arbitraire ; l'angle opposé à la base s'appelle *sommet du triangle*. Une perpendiculaire CN, élevée sur la base AB (*Fig.* 15), prolongée s'il le faut (*Fig.* 16), et qui passe par le sommet C , mesure la hauteur du triangle ; les deux triangles

3

ABC et BDC (*Fig.* 38) ont même hauteur CN ; car ils ont leurs bases sur une même ligne ABD et même sommet C.

25. La hauteur d'un quadrilatère (*Fig.* 31) se mesure également par une perpendiculaire CN élevée sur un côté quelconque, et qui se termine au côté opposé.

26. Il en est de même du trapèze (*Fig.* 33), quand on prend pour base l'un des côtés parallèles. Mais si l'on prend un côté comme DC (*Fig.* 39), il faut élever sur la base prolongée, s'il est nécessaire, deux perpendiculaires NA, MB (*), en mesurer la longueur pour les ajouter ensemble ; puis de la somme en prendre la moitié pour avoir la hauteur moyenne XX. Soit 3 la hauteur d'une perpendiculaire, 5 celle de l'autre ; la somme sera 8, dont la moitié = 4 est la hauteur moyenne XX. On s'y prendra de la même manière pour avoir la hauteur XX d'un trapézoïde (*Fig.* 34).

SEPTIÈME LEÇON.

De l'Évaluation des Surfaces.

27. Évaluer une surface, c'est chercher combien de fois une autre surface plus petite et plus simple,

---

(*) Les perpendiculaires levées pour trouver la hauteur moyenne doivent toujours passer par les deux extrémités du côté opposé à la base.

prise pour unité de mesure, est contenue dans celle
que l'on veut évaluer. Le carré d'une unité de côté étant
la surface la plus simple, il convient donc de l'employer. Dans le système métrique, l'unité de mesure
est un carré d'un décamètre de côté, appelé *are*; dans
l'ancien système, l'unité de mesure est un carré d'une
verge de côté, on l'appelle *verge carrée*, ou simplement *verge*.

On sait que toute surface peut se réduire en triangles; il suffit donc de pouvoir évaluer celle d'un triangle pour évaluer ensuite celle d'un polygone quelconque. Nous allons en chercher le moyen.

28. Pour le trouver, je commence par diviser la
surface du parallélogramme ABCD (*Fig.* 40), en
d'autres petites surfaces, chacune d'un décamètre
carré; ce qui se fait en portant le décamètre sur les
côtés AB, AD du parallélogramme, et en élevant à
l'extrémité de chaque portée des perpendiculaires,
dont les unes sont parallèles à AB, et les autres à AD;
cela fait, je compte ces surfaces partielles dont la
somme égale évidemment la surface du parallélogramme, et reconnais qu'elles sont au nombre de 32,
que l'un des côtés en contient 8 et l'autre 4. Je conclus donc que pour évaluer l'aire d'un parallélogramme, *il faut en mesurer la base et la hauteur* (*), et

---

(*). *Observation très importante.* Quand on mesure les
dimensions des terrains en pente, il faut avoir soin de tenir
la chaîne ou le décamètre le plus horizontalement possible;

3..

multiplier ces deux dimensions l'une par l'autre ; car
32 est, comme on voit, le produit de 8, longueur de
la base par 4 qui en exprime la hauteur. Maintenant
si on mène une diagonale BD, elle partagera le parallélogramme en deux triangles égaux de chacun 16
décamètres carrés, qui auront même base et même
hauteur que le parallélogramme. Je conclus donc encore que le moyen d'évaluer la surface d'un triangle
consiste également à en mesurer la base et la hauteur,
à multiplier ces deux dimensions l'une par l'autre, et
du produit en prendre la moitié, ou, ce qui revient
an même, à multiplier la longueur de la base par la
moitié de la hauteur ; ou bien encore, la moitié de la
hauteur par la longueur de la base ; car il est clair que
l'on aura toujours le même résultat.

29. L'aire d'un parallélogramme étant, comme nous
venons de le prouver, le produit de sa base par sa
hauteur, il ne sera donc point difficile de connaître
les deux facteurs quand on en connaîtra un ; il n'y
aura qu'à diviser le produit par le facteur connu, le
quotient sera l'autre ; il en est de même du trian-

---

car autrement on aurait des résultats tout différens de ceux
que l'on devrait avoir. Si, par exemple, un rectangle pendait
de 45° selon sa longueur, et qu'en le mesurant sans avoir
égard à sa pente, on trouvât une valeur de 70 ares 71 centiares, il n'aurait réellement que 50 ares de superficie horizontale : on entend par superficie horizontale une surface
qui ne pend d'aucun côté : telle est toujours celle de l'eau
qui n'est point agitée.

gle, excepté qu'il faut en doubler la valeur pour avoir
immédiatement au quotient le facteur inconnu ; la raison en est que l'aire du triangle n'est que la moitié
du produit de sa base par sa hauteur. Supposons, par
exemple, que la base du parallélogramme ABCD
(*Fig.* 40) soit inconnue; pour la connaître, je divise
32, valeur de sa superficie, par 4, valeur de sa hauteur ; ce qui donne 8 pour la longueur de la base,
comme cela doit être. Si, au lieu de chercher la longueur de la base du parallélogramme, on avait voulu
chercher celle du triangle ABD, on aurait doublé la
valeur de ce triangle ; ce qui aurait fait 32, que l'on
aurait encore divisé par 4, longueur de sa hauteur,
et l'on aurait encore eu 8 au quotient. On ne doit avoir
aucun doute à ce sujet.

30. Ce que nous venons de démontrer pour un
triangle rectangle, convient à toutes sortes de triangles, leur superficie est également le produit de leur
base par leur hauteur, soit que la perpendiculaire
tombe entre les deux extrémités de la base ou sur la
base prolongée.

Premier cas. Soit ABD (*Fig.* 41) un triangle acutangle dont la perpendiculaire BN tombe sur la base
entre A et D. Cette perpendiculaire le divise en deux
triangles rectangles ABN et NBD qui ont même hauteur BN ; on aura la superficie de chacun, en multipliant la moitié de la somme de leurs bases par la hauteur commune; mais la somme de leurs bases égale la
longueur de celle du triangle ABD ; la somme de
leurs superficies équivaut aussi à celle du même trian-

gle ; donc la superficie du triangle ABD est la moitié du produit de sa base par sa hauteur.

Deuxième cas. Soit encore un autre triangle obtus-angle (*Fig.* 42), dont la perpendiculaire BN tombe sur la base prolongée AD ; la perpendiculaire BN forme, avec la base prolongée du triangle ABD , un triangle rectangle BDN , dont la superficie égale le produit de sa base (28) par sa hauteur ; celle du triangle rectangle BAN égale aussi le produit de sa base par sa hauteur , et si on retranche celle-ci de celle-là , la différence sera celle du triangle BAD qui égale le produit de la longueur de BN , multipliée par celle de AD ; donc, etc.

Supposons, par exemple, que la longueur de BN = 8 mètres , celle de NA = 4 mètres , de AD = 6 mè-tres ; la superficie du triangle rectangle BND sera de 4o mètres , celle de BN de 16 mètres , et leur diffé-rence 24 mètres = la moitié de 8 , hauteur du trian-gle ABD , multipliée par 6, longueur de sa base. Si on mène BE parallèle à AD et DE parallèle à AB , on aura un nouveau triangle BDE égal au triangle BAD , et ils formeront ensemble un parallélogramme ABDE qui aura même base AD et même hauteur BN que le triangle ABD , et une surface double ; on en aura donc encore la valeur , en multipliant sa base AD par sa hauteur BN.

31. La surface d'un trapèze (*Fig.* 43) est le pro-duit de sa base par sa hauteur moyenne ; soit AD et BC perpendiculaires sur AB, et FC parallèle à la base AB qui divise le trapèze en un triangle et en un pa-

rallélogramme FC = AB et AF = BC comme étant
des parallèles situés entre parallèles ; la surface du
triangle étant le produit de la moitié de sa hauteur
FD par sa base FC ou AB, et celle du parallélogramme celui de sa hauteur (28) AF par sa base
AB ; leur somme, égale d'ailleurs à celle du trapèze ,
sera exprimée par le produit de AB × ½ (AF + BC
+ FD) ; mais la moitié de AF + BC + FD égale la
hauteur moyenne XX ; donc *la surface du trapèze
égale le produit de sa base par sa hauteur moyenne.*

REMARQUE. Ce qui vient d'être démontré pour le
trapèze, n'est vrai que quand on prend pour base
l'un des côtés qui ne sont point parallèles ; si l'on en
prenait un autre, il faudrait agir comme à l'égard
d'un trapézoïde.

32. Pour évaluer un trapézoïde ABCD (*Fig.* 44),
on élevera deux perpendiculaires CF, DG qui formeront le trapèze CDFG et deux triangles AEF,
DGB ; la surface du trapèze égale le produit de sa
base FG par sa hauteur moyenne XX ; celle des deux
triangles égale la moitié de (AF × FC + GB × DG),
et la somme des surfaces du trapèze et des triangles
donne la surface du parallélogramme. Il n'y a point
d'autres moyens à employer lorsqu'on ne veut point
réduire en triangles.

Supposons qu'en mesurant on ait trouvé que l'une
des deux perpendiculaires ait 6 décamètres de long,
l'autre 8, la base FG 4 décamètres, AF 2 décamètres et GB 1 décamètre ; la surface du triangle AEF

sera 6, produit de 3, moitié de sa hauteur par 2 , longueur de sa base ; celle du trapèze 28 décamètres, produit de sa hauteur moyenne 7 × 4, longueur de sa
base ; celle de l'autre triangle GDB sera 4, produit
de 1 décamètre , longueur de sa base par 4, moitié de
sa hauteur ; ce qui donne, en réunissant ces trois produits , 38 ares pour la surface totale du trapézoïde.

Quand l'une des deux perpendiculaires ne tombe
point sur la base (*Fig.* 45), il se trouve compris dans
le trapèze EFGD, une portion triangulaire BDG, qui ne
fait point partie du trapézoïde ; alors on évalue le trapèze en multipliant sa base FG par sa hauteur moyenne
XX ; ensuite on évalue également le triangle pour le retrancher du trapèze ; ce qui reste appartient au trapézoïde.

Supposons comme ci-dessus, que AF = 2 décam.,
EF = 6 décam., DG = 8 décam., FB = 3 décam.,
BG = 1 décam.

La surface du trapèze vaut 28 décam., produit de
7, hauteur moyenne, multipliée par 4, longueur de
la base FB + BG; celle du triangle DBG vaut 4,
qu'il faut retrancher de celle du trapèze ; il reste 24
pour la surface de la portion FBDE, à laquelle on
ajoutera celle du triangle AFE, qui vaut 6; et l'on
aura 30 pour la surface totale du trapézoïde.

33. La surface d'un pentagone ABCDE (*Fig.* 36),
s'évalue en la divisant par portions triangulaires, que
l'on mesure séparément, et la somme de ces diverses
portions donne la valeur de la surface du pentagone.
Il y a cependant des circonstances où il est plus expé-

dient de la diviser, partie en triangles, partie en trapèzes (*Fig.* 46.) ; on mesure ensuite ces diverses portions selon les principes que l'on vient d'indiquer; il est inutile de les répéter.

On procédera de la même manière pour évaluer la surface d'un polygone quelconque, si l'on en excepte le cercle et l'ellipse.

34. La surface d'un cercle (*Fig.* 47) est égale au produit de la circonférence multipliée par le quart du diamètre; car on peut regarder le cercle comme un polygone composé d'une infinité de petits triangles, qui ont tous leur sommet au centre, et leur base à la circonférence; ils ont tous la même hauteur, qui ne diffère point du rayon CA ; la somme de toutes leurs bases réunies est égale à la circonférence; la surface de chaque triangle est égale au produit de sa base par la moitié du rayon, et par conséquent la surface de tous, ou du cercle, est égale au produit de *la circonférence entière par le quart du diamètre*, et elle équivaut à celle d'un triangle qui aurait pour hauteur le rayon et une base égale à la circonférence.

35. La surface d'un secteur ABCE (*Fig.* 48) est aussi le produit de la moitié du rayon par la portion de circonférence AEB (*). Si de ce secteur on re-

(*) Dans la pratique, la longueur d'un arc se mesure de cette manière : on cherche d'abord combien cet arc contient de degrés, au moyen d'un graphomètre que l'on place à son centre C , puis ayant évalué la circonférence dont il fait partie, en la mesure qu'on veut l'évaluer lui-même, on fait une proportion dont le premier terme est 360°, que vaut la cir-

tranche le triangle ABC, formé par deux rayons et une corde AB, le reste sera la valeur du segment ABE.

Pour nous rendre plus intelligible, supposons que le cercle ait 14 décamètres de diamètre, sa circonférence en aura (5) 44, que l'on multipliera par le quart du diamètre ; le produit = 154, est la surface du cercle.

Si l'on suppose encore que l'arc ABE du segment contienne 8 décam., et la corde AB 4 décam., on aura pour la surface du secteur $\dfrac{8 \times 14}{4} = 28$ ares ; et si l'on en déduit la surface du triangle CAB, qui est à-peu-près de 23 ares, il en restera 5 pour celle du segment.

---

conférence, le deuxième, la valeur trouvée pour la circonférence, le troisième, le nombre de degrés que contient l'arc, et le quatrième X est la longueur de l'arc. Pour en donner un exemple, soit le diamètre du cercle, dont l'arc fait partie, qui égale 20 mètres et l'arc 30°.

Pour trouver la valeur de la circonférence, je fais cette opération : $7 : 22 :: 29 : x = \dfrac{22 \times 20}{7} = \dfrac{440}{7} = 62$ mètres 86 centimètres un peu moins ; la circonférence est donc de 62 mètres 86 centimètres. Pour trouver celle de l'arc, je fais cette deuxième opération : $360 : 62,86 :: 30 : x = \dfrac{188580}{360} =$ 5 mètres 233 millimètres. On trouve donc pour la longueur de l'arc 5 mètres 233 millim. à très peu près.

36. L'ellipse (*Fig.* 49) est une portion d'étendue limitée par une ligne courbe, dont la somme des distances de chaque point de cette même courbe aux points F et G, déterminés sur la droite AB, à égale distance de A et de B, égale cette même droite AB.

Le point C en est le centre, AB le grand diamètre, et MN le petit.

Il est facile de la décrire au moyen d'un fil d'une longueur double de AG, uni par les deux bouts, et de deux pointes plantées l'une en F et l'autre en G, avec une troisième que l'on fait mouvoir de A en B, tenant toujours le fil tendu comme on le voit dans la figure.

37. Il y a deux moyens d'en obtenir la quadrature ou la superficie : le premier, en évaluant la surface d'un cercle qui aurait pour diamètre le plus grand diamètre AB de l'ellipse ; puis, en faisant une proportion dont le premier terme soit la longueur du diamètre du cercle, le deuxième la superficie, le troisième le plus petit diamètre de l'ellipse, le quatrième x est la surface elliptique ; le deuxième, en multipliant par 11 le produit des deux diamètres de l'ellipse, et en divisant le résultat par 14, on a immédiatement au quotient la surface elliptique.

Pour en donner un exemple, soit le grand diamètre = 14 mètres, le petit 7 mètres ; en opérant selon le premier moyen, on trouve 154 pour la surface du cercle ; ce qui donne cette proportion :

$14 : 154 :: 7 : x$, le produit des moyens $154 \times 7 =$

1078, qu'il faut diviser par 14; il vient 77 au quotient qui est la surface de l'ellipse.

En opérant selon le second, on trouve d'abord pour le produit des deux diamètres 98, qu'il faut encore multiplier par 11; le nouveau résultat, qui égale 1078, étant divisé par 14, donne encore 77 pour la surface de l'ellipse. Cette dernière opération peut être regardée comme une preuve de la précédente.

38. Il est facile de reconnaître maintenant que l'art d'évaluer les surfaces est fondé sur ces deux principes.

1er. *La surface d'un parallélogramme rectangle est le produit de sa base par sa hauteur.*

2e. *La surface d'un triangle est la moitié du produit de sa base par sa hauteur.*

De ces deux principes on a déduit celui-ci :

3e. *La surface d'un trapèze est le produit de sa base par sa hauteur moyenne* (*).

Avec ces trois principes bien compris, il n'y a point de surfaces que l'on ne puisse évaluer, le second seul pourrait même suffire, son application est presque toujours possible; et comme elle est en même temps très facile, nous réduirons en triangles toutes les surfaces que nous allons évaluer, afin de ne faire usage que de ce principe; ensuite, quand le lecteur

----

(*) Ces principes sont applicables à toutes sortes de mesures.

sera un peu exercé, nous reprendrons les mêmes surfaces, que nous décomposerons partie en triangles,
partie en trapèzes, selon que nous le jugerons plus à
propos, afin de le familiariser aussi avec les autres
principes.

HUITIÈME LEÇON.

Application du deuxième principe.

I. *Mesurer la surface du triangle* ABC (*Fig.* 5o).

Soit AB la base = 8 décam., et CP la perpendiculaire qui en mesure la hauteur = 5 décam.

OPÉRATION

$$AB = 8 \text{ décam.}$$
$$\times \ CP = 5 \text{ déc.}$$
$$= 4o \text{ ares.}$$

Moitié = 20 ares.

Je multiplie la base par la perpendiculaire du
produit, j'en prends la moitié, et j'ai pour la surface
20 ares.

II. *Mesurer le parallélogramme* ABCD (*Fig.* 51).

La diagonale AB divise le parallélogramme en
deux triangles dont elle est base commune; CP
mesure la hauteur d'un triangle, et DP celle de
l'autre.

Soit la base = 64 mètres, CP = 5 décam., DP =
6 décam.

OPÉRATION.

$$
\begin{array}{r}
\text{CP} = 5 \text{ décam.} \\
+ \text{ DP} = 6 \text{ déc.} \\
\hline
\text{Somme} = 11 \text{ déc.} \\
\times \text{ AB} = 64 \text{ mètres.} \\
\hline
44 \\
66 \\
\hline
= 70.4 \\
\hline
\end{array}
$$

Moitié = 35.2 dixièmes.

On ajoute ensemble les deux perpendiculaires 5 et
6 = 11, que l'on multiplie par la base, du produit on
en prend la moitié, et on trouve 35 ares deux dixièmes (*), ou 35 ares 20 centiares, pour la surface du
parallélogramme.

(*) Nous avons déjà fait observer, dans l'introduction, que les
dixièmes d'are ne pouvaient être représentés par des carrés
dont les dimensions soient des nombres exacts, mais qu'on
pouvait les rapporter commodément à de petits rectangles
d'un décamètre de haut sur un mètre de base, qui valent
dix mètres carrés; ce n'est donc qu'en ajoutant un zéro à la
droite des dixièmes que l'on pourra énoncer en mesures carrées un résultat qui n'exprime que des dixièmes ; par exemple, en ajoutant un zéro au résultat qui indique la superficie
du parallélogramme ci-dessus, il vient 35,20, et s'énonce
ainsi : 35 ares 20 centiares. Cette observation s'applique également aux divers ordres d'unités placées à droite et à gauche
de la virgule ; en général, il faut que les chiffres décimaux
soient pairs ; y suppléer en ajoutant un zéro, s'ils ne le sont
point.

III. *Mesurer la surface du trapézoïde* ABCD. (*Fig.* 52).

On peut prendre encore la diagonale AB pour base commune des triangles, en la prolongeant jusqu'en P; CP, DP, sont les perpendiculaires qui en mesurent les hauteurs.

Soit AB = 7,05 centimètres, CP = 4,5 mètres, DP = 4 décam.

OPÉRATION.

$$
\begin{array}{r}
CP = 4{,}5 \text{ mètres.} \\
+ DP = 4 \\
\hline
\text{Somme} = 8{,}5 \quad \text{mètres.} \\
\times AB = 7{,}05 \\
\hline
425 \\
5950 \\
\hline
= 59{,}92{,}5 \\
\hline
\text{Moitié} = 29{,}96{,}25 \text{ centièmes.}
\end{array}
$$

On ajoute ensemble les perpendiculaires, parce qu'elles ont base commune; leur somme est 8,5 mètres, que l'on multiplie par la base AB, le produit égale 59,92,5, dont la moitié, qui égale la superficie, est de 29,96,25 centièmes.

IV. *Mesurer le pentagone* ABCDE (*Fig.* 53.)

On prendra pour bases les diagonales DB et DA, qui divisent le pentagone en trois triangles; on lèvera ensuite sur ces deux bases les perpendiculaires EP, AP, CP, qui mesureront chacune la hauteur d'un triangle.

Soit EP = 3 décam., et AD = 8,2 m., DB =
10,51 décim., AP = 4 décam., CP = 2,3 décam.

Il y a deux opérations à faire, l'une pour un triangle, et l'autre pour les deux autres qui ont base commune.

1ʳᵉ. OPÉRATION.	2ᵉ. OPÉRATION.
EP = 3 décam.	AP = 4 décam.
× AD = 8,2 mèt.	+ CP = 2,3 décam.
= 24,6	somme = 6,3
Moitié = 12,30 centiares.	× DB = 10,51
	3153
	6306
	= 66,21,3
	Moitié = 33,10,65 centièmes.

ADDITION DES RÉSULTATS.

1ᵉʳ. Résultat. . 12,30 centiares.
2ᵉ. Résultat. . 33,10,65 centièmes de centiares.

Surface totale. 45,40,65 centièmes *id.*

Pour avoir la superficie du triangle ADE, je multiplie 3 par 8,2 mètres, le produit égale 24,6, dont la
moitié est 12,30 centiares pour la superficie; je fais ensuite une seconde opération pour avoir la surface des
deux autres triangles; j'ajoute ensemble les perpendiculaires comme ayant base commune; la somme est
6,3 mèt., que je multiplie par la base = 10,51 décim.,
ce qui donne pour produit 66,213 dont je prends la
moitié, et j'ai pour la surface des deux triangles 31
ares 10 centiares 65 centièmes; j'y ajoute celle de
l'autre, et j'ai pour la surface totale du pentagone, 45
ares 40 centiares 65 centièmes.

V. *Mesurer l'hexagone* ABCDEF (*Fig.* 54).

On mènera trois diagonales, qui formeront quatre triangles; FD est la base commune des deux triangles DEF et ACF; EP mesure la hauteur de l'un, CP celle de l'autre; AC est aussi la base commune des deux triangles ABC et ACF; FP et BP sont les perpendiculaires qui en mesurent les hauteurs.

Ces quatre triangles ayant bases communes deux à deux, on ne fera que deux opérations pour obtenir leurs surfaces.

Soit DF $=$ 6 décam., CP $=$ 3,1 m., EP $=$ 43 m., AC$=$7,28 décim., BP$=$44 mètres, FP5,28 décim.

1ʳᵉ. OPÉRATION.	2ᵉ. OPÉRATION.
CP $=$ 3,1 mètres. + EP $=$ 4,3 m.	BP $=$ 4,4 mètres. + FP $=$ 5,28 décim.
Somme $=$ 7,4 × DF $=$ 6 décam.	Somme $=$ 9,68 × AC $=$ 7,28
$=$ 44,4	7744 1936 6776
Moitié $=$ 22,20 centiares.	$=$ 704704
	Moitié $=$ 35,2352 centièmes.

ADDITION DES RÉSULTATS.

1ᵉʳ. Résultat. 22,20 centiares.
2ᵉ. Résultat. 35,23,52 centièmes.

Surface totale. 57,43,52 cent.

Il est inutile d'entrer dans le détail de ces opérations, ce serait toujours répéter la même chose; le lecteur peut bien y suppléer maintenant; on trouve

4

donc pour dernier résultat 57 ares 43 centiares 52 centièmes.

VI. *Mesurer l'ancien lit d'une rivière* (*Fig.* 55).

On commence d'abord par le décomposer en triangles rectangles, de manière que la même ligne soit base d'un triangle et hauteur d'un autre ; ce qui est fort facile au moyen du procédé suivant : On plante une équerre en B, de sorte qu'on aperçoive A ; puis faisant l'angle en B de 90°, on fait planter un jalon C où le rayon visuel BC perpendiculaire à BA coupe le bord ACE ....; cela fait, on lève l'instrument pour le placer en C, et après avoir déterminé le point D sur le bord opposé, comme on a déterminé le point C, on lève encore l'instrument pour le mettre en D, afin de connaître le point E ; on continue ainsi jusqu'au bout, en plantant successivement l'équerre aux points D, E, F, G. Quand on a terminé, on mesure exactement toutes les dimensions AB, BC, CD, etc., que l'on multiplie deux à deux ; de la somme des résultats on en prend la moitié, qui est la surface cherchée.

Supposons que l'on ait fait la mesure des dimensions, et qu'on ait trouvé pour chacune la longueur qui lui est assignée dans la figure ; on aura les résultats suivants : $7 \times 6 = 42$, $7 \times 6 = 42$, $6 \times 6 = 36$, $6 \times 8 = 48$, $8 \times 8 = 64$; leur somme est 232, dont la moitié, qui donne la superficie totale, est 116 ares.

Le lecteur est maintenant assez au fait de cette manière d'évaluer les surfaces. Nous allons donc reprendre les mêmes opérations, et nous diviserons les surfaces en triangles et en trapèzes, afin de l'habituer également à faire usage des autres principes.

NEUVIÈME LEÇON.

Application des trois principes (38).

Il est inutile de donner un exemple du parallélogramme ; on sait qu'on en obtient la superficie en multipliant (28) la base par la hauteur.

I. *Mesurer la superficie du Trapézoïde ABCD* (*Fig.* 56).

Pour évaluer ce trapézoïde, on lève deux perpendiculaires BP et CP, qui forment deux triangles et un trapèze. PP est la base du trapèze, BP et CP sont les deux perpendiculaires qui en mesurent la hauteur. Le triangle ABP a pour base AP et pour hauteur BP ; PD est aussi la base du triangle CPD, et CP sa hauteur.

Toutes ces dimensions étant connues, il ne faut qu'un peu d'attention pour avoir la contenance du trapézoïde. Supposons qu'elles aient chacune la longueur qui leur est assignée sur la figure (c'est ce que nous supposerons toujours dorénavant), on aura la surface des triangles en multipliant (28) leur base par leur hauteur, et celle du trapèze en multipliant aussi sa base par la somme des perpendiculaires. De ces différens produits réunis, on en prendra la moitié qui sera la surface du trapézoïde.

4..

1re. OPÉRATION.

AP $=$ 3 décam.

$\times$ BP $=$ 7,4 mèt.

$=$ 22,20 centiares.

2e. OPÉRATION.

BP $=$ 7,4 mètres.

$+$ CP $=$ 8,2 mèt.

Somme $=$ 15,6

$\times$ PP $=$ 12 décam.

312

156

$=$ 187,20 centiares.

3e. OPÉRATION.

BP $=$ 7,4 mètres.

$\times$ CP $=$ 8,2 mèt.

$=$ 60,68 centiares.

ADDITION DES RÉSULTATS.

1er. Résultat.	22,20 centiares.
2e. id.	187,20
3e. id.	60,68

Somme $=$ 270,08

Moitié. $=$ 135,04 centiares.

La superficie du trapézoïde vaut donc 1 hectare 35 ares 4 centiares.

II. *Mesurer la superficie du Polygone* (Fig. 57).

On mènera d'abord la diagonale AC, sur laquelle on élèvera de chaque côté plusieurs perpendiculaires qui passeront par les points G, F, E, D, B. Ces perpendiculaires diviseront la superficie du polygone en triangles et en trapèzes, dont elles seront les hauteurs, et auront chacune pour base une portion de la diagonale A C.

AC est la base du triangle ABC, BP en est la hauteur, PP celle du trapèze GPPF, etc.

1ʳᵉ. OPÉRATION.

$$AC = 23,7 \text{ mètres.}$$
$$\times BP = 6,2 \text{ mèt.}$$

$$\begin{array}{r} 474 \\ 1422 \end{array}$$

$$= 1,46,94 \text{ cent.}$$

2ᵉ. OPÉRATION.

$$AP = 6,3 \text{ mètres.}$$
$$\times GP = 9,4$$

$$\begin{array}{r} 252 \\ 567 \end{array}$$

$$59,22 \text{ cent.}$$

3ᵉ. OPÉRATION.

$$GP = 9,4 \text{ mètres.}$$
$$+ FP = 6,3$$

$$\text{Somme} = 15,7$$
$$\times PP = 6,4$$

$$\begin{array}{r} 628 \\ 942 \end{array}$$

$$100,48 \text{ cent.}$$

4ᵉ. OPÉRATION.

$$FP = 6,3 \text{ mètres.}$$
$$+ EP = 3,5$$

$$\text{Somme} = 9,8 \text{ mèt.}$$
$$\times PP = 3 \text{ décam.}$$

$$29,40 \text{ centiares.}$$

5ᵉ. OPÉRATION.

$$EP = 3,5 \text{ mètres.}$$
$$+ DP = 2,7$$

$$\text{Somme} = 6,2 \text{ cent.}$$
$$\times PP = 6$$

$$37,20 \text{ centiares.}$$

6ᵉ. OPÉRATION.

$$DP = 2,7 \text{ mètres.}$$
$$\times PC = 2 \text{ décam.}$$

$$5,40 \text{ centiares.}$$

ADDITION DES RÉSULTATS.

1ᵉʳ. Résultat.	1,46,94	centiares.
2ᵉ. id.	59,22	
3ᵉ. id.	1,00,48	
4ᵉ. id.	29,40	
5ᵉ. id.	37,20	
6ᵉ. id.	5,40	

$$\text{Somme} = 3,78,64 \text{ cent.}$$

$$\text{Moitié} = 1,89,32 \text{ centiares.}$$

On trouve donc pour la superficie du polygone, 1 hectare 89 ares 32 centiares.

Il n'est pas plus difficile d'évaluer les superficies à l'ancienne mesure, lorsque cette mesure est divisée en décimales : le calcul se fait également en multipliant les dimensions les unes par les autres, et le produit s'énonce avec la même facilité; soit par exemple un carré long ayant 37 verges 15 centièmes de base, sur 18 verges 64 centièmes de haut, dont on veut connaître la valeur en verges carrées.

OPÉRATION.

Base. $= 37$ verg. 15 centièmes.
$\times$ Hauteur. $= 18$ 64 cent.

14860
22290
29720
3715

692,4760

Le produit des deux dimensions est de 692,4760 ; en retranchant quatre chiffres décimaux à droite de ce produit, on trouve 692 verges 48 centièmes, un peu moins.

On voit que ce résultat s'énonce comme un produit composé de francs et de centimes; c'est-à-dire que l'on retranche, en commençant par la droite, autant de chiffres décimaux qu'il s'en trouve dans les deux facteurs, et que l'on augmente les centièmes d'une unité pour négliger 60 millionièmes, comme étant plus qu'un demi-centième.

III. *Mesurer la superficie d'un espace de terrain environné d'une rivière* (*Fig.* 58).

Pour mesurer cet espace, soit AB une ligne qui

passe à-peu-près par le milieu, sur laquelle on élèvera les perpendiculaires CM, DM, EM, LM, qui
formeront des triangles et des trapèzes, qui auront
chacun pour base une portion de la ligne AB, interceptée entre les perpendiculaires, et pour hauteur ces
mêmes perpendiculaires.

Si on fait le calcul, on trouvera d'abord 24 décam.
pour la première portion CBM, 52 décam. pour la
deuxième portion CDMN, 75 pour la troisième DE
MM, 60 décam. pour la quatrième ELMM, 14 pour
le triangle LAM. La somme de ces résultats se monte
à 225, dont il faut prendre la moitié, parce que l'on
a pour chaque portion une valeur double de ce qu'elle
contient : ce qui fait pour la superficie totale 1 hectare 12 ares 50 centiares.

IV. *Mesurer la superficie de l'ancien lit d'une rivière* (*Fig.* 59).

On prendra pour base une ligne AB, sur laquelle
on lèvera les perpendiculaires MA, MO, MP, MQ,
MB, qui formeront des portions assez semblables à
des trapèzes, qui auront chacune pour base une portion de la ligne AB interceptée entre deux perpendiculaires; ensuite on mesurera sur chaque perpendiculaire la distance des limites; puis les réunissant deux
à deux, on multipliera la somme par la base corres-
pondante; du total des résultats on en prendra la moitié, qui sera la superficie demandée.

Si on veut faire le calcul d'après la valeur assignée
à chaque dimension sur la figure, on trouvera que la
superficie est de 1 hectare 70 ares 20 centiares.

V. *Le Polygone ABCDE* (.Fig. 60.) *représente un Vignoble :* on en demande la superficie.

On prolonge le côté ED, sur lequel on lève les perpendiculaires AP et CP, qui forment un trapèze APPC. On lève aussi une perpendiculaire CL sur le côté AB pris pour base, qui mesure la hauteur du triangle ABC. Cela fait, on calcule la surface du parallélogramme, puis celle des triangles extérieurs pour les retrancher du même parallélogramme ; à la différence on ajoute la surface du triangle ABC, et la 1/2 somme est celle demandée.

1re. OPÉRATION.

AP = 15,2 mètres.
+ EP =   6,2

Somme = 21,4
× PP = 19,2

428
1926
214

410,88 centiares.

2e. OPÉRATION.

AP = 15,2 mètres.
× PE = 60

91,20 cent.

3e. OPÉRATION.

CP = 62 mètres.
× DP = 42

26,04 centiares.

4e. OPÉRATION.

AB =   15,7 mètres.
× LC =   8,2

314
1256

128,74 cent.

ADDITION
DU 2e. ET 3e. RÉSULTATS.

2e. Résult. 91,20
3e   id.   26,04

Somme. . 117,24

DIFFÉRENCE des triangles extérieurs et du trapèze = 410,88 — 117,24 = 293,64
Plus la surface du triang. ABC = 128,74

Somme. .422,38

Moitié. . 211,19

La superficie de ce vignoble est donc de 2 hectares 11 ares 19 centiares.

VI. *La Figure* 61e. *représente un bois: on en de-mande la superficie.*

Pour évaluer la superficie d'un bois il faut le ren-fermer dans un trapèze ABCD, en calculer la super-ficie, puis calculer encore celle des triangles et tra-pèzes extérieurs, les soustraire de celle du trapèze. La différence donne l'aire du polygone KLMNP, etc., compris dans le trapèze.

1re. OPÉRATION.

AD =	23,6 mètres.
+ BC =	26,7
Somme =	50,3
× AB =	39 décam.
	4527
	1509
	19,61,70

2e. OPÉRATION.

AL =	12,3 mètres.
+ KP =	2,2
Somme =	14,5
× AP =	8 décam.
	116,00

3e. OPÉRATION.

KP =	2,2 mètres.
+ SP =	5 décam.
Somme =	7,2
× PP =	5,7
	504
	360
	41,04 cent.

4e. OPÉRATION.

SP =	5 décam.
× RP =	4
=	20 ares.

5e. OPÉRATION

RQ =	6,9 mètres.
× DP =	2,4
	276
	138
	16,56 cent.

6e. OPÉRATION.

BN =	1,2 décam.
× BM =	4,5
	60
	48
	5400 cent.

7ᵉ. OPÉRATION.

NP =	12,0 mèt.
+ PP =	5,1
Somme =	17,1
× CO =	18,2
	342
	1368
	171
	311,22

ADDITION

DES TRIANGLES ET DES TRAPÈZES
EXTÉRIEURS.

2ᵉ.	Résultat.	116,00
3ᵉ.	id.	41,04
4ᵉ.	id.	20,00
5ᵉ.	id.	16,56
6ᵉ.	id.	54,00
		247,60 cent.

La superficie du grand trapèze ABCD étant de 19,61,70 centiares, on aura donc, en en retranchant celle des triangles et trapèzes extérieurs, et en prenant la moitié de la différence $\frac{19,61,70 \text{ cent.} - 2,47,60 \text{ cent.}}{2}$ = 8 hectares 57 ares 05 centiares pour la superficie du bois.

Il arrive souvent que le moyen employé ci-dessus est impraticable, alors il faut en lever le plan ; ce qui se fait en mesurant exactement les angles et les côtés. Cela fait, on se transporte dans la plaine la plus voisine, où l'on représente le bois avec toutes ses dimensions et ses angles. Quand tout est disposé, on en fait la mesure à la manière ordinaire pour les plaines : le résultat fait connaître la superficie du bois. C'est le moyen que l'on doit ordinairement employer lorsque le bois est petit et que son contour n'est pas à découvert.

Pour en donner une idée, soit ABCD (*Fig.* 62) un petit bosquet que l'on ne peut mesurer en le comprenant dans un trapèze, à cause des ravins et des fossés dont il est environné.

Je mesure d'abord les angles DAB, ABC, BCD, ADC,

en plaçant successivement le graphomètre sur les bornes A, B, C, D, qui en font les sommets ; puis, prenant le décamètre, je mesure aussi avec la plus grande exactitude les côtés AD, AB, BC et CD, et pour ne rien oublier, je tiens note de mes opérations.

Soit A = 45°, B = 136°, C = 70°, D = 109°, soit aussi AB = 18 décam., AD = 17 décam., BC = 6 décam., CD = 9 décam. Toutes mes mesures étant ainsi prises, je me transporte dans la plaine voisine, où je figure le contour du bosquet, comme on le voit *Fig.* 63, en faisant les angles A', B', C', D', et les côtés AB, AD, etc., égaux chacun à l'angle et aux côtés correspondans du bosquet. Il est clair, d'après cette construction, que la superficie du polygone A'B'C'D' est égale à celle du bosquet, et que l'une étant connue, l'autre le sera aussi.

Soit par conséquent A'C', une diagonale qui forme deux triangles dont elle est la base commune, D'P', une perpendiculaire qui mesure la hauteur d'un triangle, et B'P' une autre perpendiculaire qui mesure aussi celle de l'autre.

OPÉRATION.

$$
\begin{aligned}
\text{D'P'} &= 5 \text{ décam.} \\
+ \text{B'P'} &= 4 \\
\hline
\text{Somme} &= 9 \\
\times \text{A'C} &= 13 \\
\hline
&= 117 \\
\hline
\text{Moitié} &= 58,50 \text{ centiares.}
\end{aligned}
$$

Il s'ensuit donc que la superficie de ce bosquet est de 58 ares 50 centiares.

Il est encore un autre moyen qu'on emploie ordinairement lorsque le bois est d'une grande étendue;
on en lève le plan comme il est dit ci-dessus; ensuite
on le figure sur une table ou sur un parquet le plus
uni possible, au moyen d'une échelle de proportion
construite comme celle représentée par la *Fig.* 3o,
mais dont les parties soient plus grandes, afin que l'on
puisse prendre au moins les décimètres. Le plan étant
fait, on mène les lignes et les perpendiculaires conve-
nables, dont on mesure la longueur avec une ouverture de compas égale à chaque dimension, que l'on
porte sur l'échelle qui a servi à dresser le plan, pour
savoir combien elle contient de parties. Lorsque tout
est ainsi mesuré, on en fait le calcul, et la somme des
résultats donne la surface cherchée. Je ne crois pas
devoir en donner d'exemple, la chose est trop claire
pour que l'on puisse s'y tromper.

DIXIÈME LEÇON.

Cas particuliers qui se rencontrent dans la pratique.

I. *Mesurer la superficie du triangle ABC* (Fig. 64).

Si on connaissait la longueur de la perpendiculaire
CP, il ne serait point difficile d'en connaître la contenance; mais la mare qui se trouve au milieu empê-
che de pouvoir la mesurer en portant dessus le décamètre; il faut donc employer le moyen indiqué au numéro 16, faire l'angle en X de 45°, puis, mesurant la

distance du point X au point P, on aura la longueur de la perpendiculaire. Il est facile de connaître celle de la base AB; soit CP = 82 mètres, AB = 18,2 mèt.

OPÉRATION.

$$CP = \quad 82 \text{ mètres.}$$
$$\times AB = \quad 182$$
$$\overline{\qquad\qquad 364}$$
$$1456$$
$$= 1,49,24$$
$$\overline{\text{Moitié.} = \quad 74,62 \text{ centiares.}}$$

On trouve donc pour la surface de ce triangle 74 ares 62 centiares.

II. *Mesurer la superficie du trapézoïde* (Fig. 65).

Soit l'angle CAX = CAB, ACX = BCA; l'angle X égale aussi l'angle B, et le triangle ACX est égal par construction au triangle ACB. Par conséquent, connaissant la surface de l'un, on connaîtra celle de l'autre.

AC est la base commune des deux triangles, XP est une perpendiculaire qui mesure la hauteur de l'un, et DP celle de l'autre.

OPÉRATION.

$$DP = \quad 10,1$$
$$+ XP = \quad 4,2$$
$$\overline{\text{Somme} = \quad 14,3 \text{ mètres.}}$$
$$\times AC = \quad 18,2$$
$$\overline{\qquad\qquad 286}$$
$$1144$$
$$143$$
$$= 260,26$$
$$\overline{\text{Moitié} = 1,30,13 \text{ centiares.}}$$

On trouve donc pour la superficie de ce trapézoïde, 1 hectare 30 ares 13 centiares.

Remarque. Si la mare couvrait aussi la base AC (*Fig.* 66), on construirait le parallélogramme AKMC, et on leverait les perpendiculaires sur le côté KM = AC ; puis on ajouterait à chacune la longueur de AK = PN, pour les rendre égales à XN et DN.

III. *Mesurer la superficie du triangle* ABC (*Fig.* 67), *dont on connaît seulement la longueur des côtés,* *savoir :* AC = 8 décam., AB = 9 déc., BC = 7 déc.

Il faut former la somme des trois côtés, en prendre la moitié, soustraire de cette moitié la valeur de chaque côté, multiplier, 1°. deux différences l'une par l'autre ; 2°. multiplier le premier produit par la troisième différence ; 3°. multiplier ce second produit par la moitié de la somme des trois côtés ; de ce troisième produit, extraire la racine carrée ; cette racine donne exactement la superficie du triangle.

1re. OPÉRATION.

AC = 8 décam.
+ AB = 9
+ BC = 7
= 24 décam.
$\frac{1}{2}$ somme = 12

2e. OPÉRATION.

1re. Différence 12 — 8 = 4
2e. id. 12 — 9 = 3
3e. id. 12 — 7 = 5

3e. OPÉRATION.

1re. Différence 4
× 2e. id. 3
1er. Produit. 12
× 3e. Différence 5
2e. Produit 60
× 1/2 Somme 12

26,83 centiares.
2 | 46 | 528 | 5363

120
60
720
320
4400
17600
1511

La racine ou la surface de ce triangle est donc de
26 ares 83 centiares, un peu plus.

Si le triangle était rectangle (*Fig.* 68), et que AB
en fût la base, AC la hauteur, il est clair que sa superficie serait $\frac{3 \times 4}{2} = 6$; et en opérant comme si l'on
n'avait que la connaissance des trois côtés, on aurait,
1°, pour la demi-somme des trois côtés $\frac{3+4+5}{2} = 6$; de
laquelle moitié ôtant successivement chaque côté, on
aurait 1, 2 et 3 pour différences; le produit de ces
différences les unes par les autres, puis encore par la
demi-somme des côtés, égalerait $1 \times 2 \times 3 \times 6 = 36$
dont la racine, qui égale 6, donne la superficie comme
ci-dessus; ce qui ne doit laisser aucun doute sur le
procédé.

Il s'ensuit donc qu'avec le décamètre seul on peut
évaluer la superficie d'un triangle, et par conséquent
celle de tout polygone, quel que soit le nombre de ses
côtés; il suffit de le diviser en triangles, et de faire
pour chacun une opération semblable à cette dernière,
réunir les résultats; le total en sera la superficie (*).

_____

(*) L'arpentage ne sert point seulement à évaluer les surfaces; on peut encore en faire usage pour trouver combien
il faut de planches pour planchéier un bâtiment, de carreaux pour un pavé, d'ardoises pour une toiture, etc., car
c'est chercher également combien une surface en contient
une autre de la grandeur d'une planche, ou d'un carreau
ou d'une ardoise, etc. Pour savoir, par exemple, combien
il faudrait de planches de deux mètres de long sur 31 centi-

Voici à-peu-près ce qui est nécessaire pour la pratique ; s'étendre davantage sur cette matière, multi-

---

mètres de large pour faire un plancher de 18 mètres de long sur 6 mètres 27 centimètres de large, je procède ainsi :

OPÉRATION.

$$
\begin{array}{r}
18 \text{ mètres.} \\
6,27 \\
\hline
126 \\
36 \\
108 \\
\hline
112,86 \\
508 \\
126 \\
02
\end{array}
\left\{
\begin{array}{l}
62 \text{ décim.} \\
\rule{3cm}{0.4pt} \\
182 \text{ planches.}
\end{array}
\right.
$$

Le produit des deux dimensions du plancher est 112,86 décimètres carrés ; celui des deux dimensions de la planche est 62 décimètres : divisant le premier par le dernier, on a pour quotient 182 planches et un trente et unième.

Mais il est beaucoup plus simple de diviser chaque dimension du plancher par celle de la planche qui lui correspond, multiplier ensuite les deux quotiens, le produit exprimerait le nombre de planches nécessaires. En effet, $\frac{18}{2} = 9$, $\frac{627}{31}$ $= 20 + \frac{7}{31}$; le produit des deux quotiens $9 \times 20 + \frac{7}{31} =$ $180 + \frac{63}{31} = 182 + \frac{1}{31}$, résultat parfaitement semblable au précédent.

Si on voulait paver ce plancher avec des carreaux de 4 décimètres carrés, pour savoir combien on en emploierait, il n'y aurait qu'à diviser 112,86 par 4, le quotient qui égalerait 2822 carreaux $+ \frac{1}{2}$, en ferait connaître le nombre.

Il ne serait pas plus difficile de connaître la quantité d'ardoises nécessaires pour couvrir un bâtiment dont le toit

plier les exemples , ce serait grossir le volume et entrer dans des détails superflus. Il vaut donc mieux s'arrêter ici et laisser au lecteur le plaisir de suppléer à ce qui manque; peut-être désirerait-on que j'eusse enseigné la manière de dresser le plan de ce qu'on aura mesuré ; mais si l'on observe que chaque figure est un plan, je ne crois pas que l'on me sache mauvais gré de n'en avoir rien dit. Le goût d'ailleurs et un peu d'attention suffiront pour mettre au fait celui qui en aura besoin. Nous allons passer à la division des surfaces, qui doit naturellement en suivre la mesure.

ONZIÈME LEÇON.

De la Division des Surfaces.

Cette partie de l'arpentage a aussi ses principes, et ne demande pas moins d'attention que la précédente. Il ne suffit point de savoir assigner à chacun des co-

---

aurait 16 mètres 26 centim. de haut , et 30 mètres de long, en donnant 8 centimètres d'échantillon aux ardoises. Nous allons encore en faire le calcul pour la satisfaction du lecteur.

OPÉRATION.

$$
\begin{array}{r}
16,26 \text{ centim.} \\
\times\ 30 \\
\hline
4878,000 \\
1038 \\
140 \\
1200 \\
48 \\
\end{array}
\left\{
\begin{array}{r}
128 \\
\hline
3819 \\
\end{array}
\right.
$$

5

partageans la portion qui lui revient , il faut encore savoir éviter les servitudes et discerner la différence de valeur qui se rencontre bien souvent dans le même héritage. On ne peut point donner de règles à ce sujet ; l'usage, le bon sens , et particulièrement les conventions, doivent diriger celui qui opère.

I. *Pour suivre dans la division l'ordre adopté pour l'évaluation : soit* ABC (*Fig.* 69) *un triangle que l'on veut diviser en deux parties égales.*

En menant CM par le milieu de la base AB , on a deux triangles ACM et BCM qui ont même hauteur EP , et, par hypothèse, des bases égales AM et MB, et sont , par conséquent, chacun la moitié du triangle total, car si l'on suppose AB de 8 décamètres, CP de 6 décam. , AM = MB = 4 décam. , la surface du triangle total égalera $\frac{6 \times 8}{2} = 24$, celle du triangle partiel ACM = BCM sera exprimée par $\frac{4 \times 6}{2} = 12$; ce qui fait précisément la moitié. Il s'ensuit donc , 1°. que pour diviser un triangle en deux portions égales , il faut prendre pour chaque partie une base égale à la moitié de celle du triangle à diviser ; 2°. que pour le diviser en trois , quatre, cinq parties égales , il faut aussi diviser la base en trois, quatre, cinq parties égales.

II. *Diviser le triangle* ABC (*Fig.* 70) *en trois parties, dont l'une en soit la moitié , l'autre le $\frac{1}{3}$ et une troisième le $\frac{1}{6}$.*

Du sommet C on mènera sur AB les lignes CM et CN, de manière que AM soit la moitié de AB, MN le $\frac{1}{2}$ et NB le $\frac{1}{6}$, et le triangle ABC se trouvera divisé en 3 triangles partiels qui auront même hauteur CP.

Soit AB $= 24$ décam., CP $= 10$ décam. ; d'après cette supposition AM $= 12$ décam., MN $= 8$ décam., NB $= 4$ décam., la superficie du triangle ABC $= \frac{24 \times 10}{2} = 120$ décam. ; celle ACM $= \frac{12 \times 10}{2} = 60$ déca.; celle de CMN $= \frac{8 \times 10}{2} = 40$ décam.; celle de BCN $= \frac{4 \times 10}{2} = 20$ décam.; or, 60, 40, 20, sont la $\frac{1}{2}$, le $\frac{1}{3}$ et le $\frac{1}{6}$ de 120.

On peut donc conclure que pour diviser un triangle en portions, dont l'aire en soit la $\frac{1}{2}$, le $\frac{1}{3}$ et le $\frac{1}{6}$, il suffit d'en mesurer la base, de donner à l'une la $\frac{1}{2}$ de sa longueur, le $\frac{1}{3}$, le $\frac{1}{6}$, etc.

III. *Proposons-nous de diviser en trois parties égales de chacune 42 ares le triangle ABC (Fig. 71), dont la superficie est de 126 ares, de manière que la borne commune soit en P sur le côté AC.*

Il faut d'abord mener du point P à l'angle opposé B la ligne PB qui divise le triangle ABC en deux triangles partiels, mesurer ensuite l'un de ces triangles APB, par exemple, en élevant sur AB la perpendiculaire PX; dans l'hypothèse que AB $= 16$ décam., PX $= 6$ décam., sa superficie sera de 48 ares ; mais comme chaque portion ne doit être que de 42 ares, il faut en retrancher 6 ares de cette manière (*). On

---

(*) On voit que cette opération se réduit à trouver la base d'un triangle dont on connaît la superficie et la hauteur.

divisera 6 par la moitié de la perpendiculaire, le quô-
tient $= 2$ indique que la portion MB à prendre sur
AB, doit être de 2 décam. ; en effet, $\frac{6 \times 2}{2} = 6$.

Il nous reste maintenant à former la deuxième
portion. On sait déjà que le triangle MPB contient
6 ares; en y ajoutant encore 36 ares, la deuxième
portion sera complète.

Soit en conséquence PO, hauteur d'un triangle
PCB $= 140$ mètres, on trouvera comme ci-dessus la
longueur BQ à prendre sur BC, en divisant le double de 36 par 144 (29), ou, ce qui revient au
même, en divisant 36 ares par la moitié de 144 $= 72$
mètres.

OPÉRATION.

$$360 \left\{ \begin{array}{l} 72. \\ 5 \text{ décam.} \end{array} \right.$$

$$00$$

La base BQ doit donc avoir 5 décam. : effective-
ment $\frac{5 \times 144}{2} = 36$ ares. Le trapèze BMPQ est la
deuxième portion ; ce qui reste est la troisième.

IV. *Diviser en trois portions égales de chacune* 78
ares le triangle ABC (*Fig.* 72), *qui contient en su-*
perficie 234 *ares, de manière que la borne commune*
soit dans l'intérieur au point O.

Du point O, on mènera aux trois angles A, B et
C les lignes AO, BO, CO, qui diviseront la superfi-
cie de ce triangle en trois triangles partiels ABO,
BCO et ACO.

Soit AB la base du triangle AQB = 16 décam., OP = 9 décam. ; la surface de ce triangle sera 144 ares, en en retranchant 66 ares, il en restera 78 pour la première portion.

OPÉRATION.

$$66,00 \left\{ \begin{array}{l} 9 \\ \overline{7,33} \end{array} \right.$$
$$\begin{array}{l} 30 \\ 30 \\ \underline{3} \\ 9 \end{array} \text{déc.}$$

On trouve donc en divisant 66 par 9, hauteur de la perpendiculaire, que AX, base de la portion retranchée, doit avoir 7 décam. 33 mètres 33 centimètres un peu plus.

Si l'on ajoute 12 ares à cette portion, on aura la deuxième. Soit NO une perpendiculaire qui mesure la hauteur du triangle AOC que je suppose de 4 décam., on aura la longueur AZ à prendre sur AC, en divisant 12 par 2, moitié de NO ; il est évident que le quotient est 6 ; prenons donc AZ de la longueur de 6 décam., on aura pour cette seconde portion le trapézoïde AZOX ; le reste composera la troisième.

V. *Diviser un quadrilatère en un nombre quelconque de parties égales ou inégales.*

1°. Si le polygone est un carré (*Fig.* 73), ou un carré long (*Fig.* 74), il faut mesurer l'un des côtés, prendre de sa longueur la $\frac{1}{2}$, le $\frac{1}{3}$, le $\frac{1}{4}$, selon que l'on voudra le diviser en deux, trois, quatre parties

ou en un nombre quelconque, dont l'une soit la $\frac{1}{2}$,
l'autre le $\frac{1}{3}$, et une troisième le $\frac{1}{4}$, etc.; faire la même
opération sur le côté opposé, joindre par des lignes
division deux à deux; le polygone
sera divisé.

2°. Mais si le quadrilatère est un trapèze (*Fig.* 75),
ou un trapézoïde (*Fig.* 76), que l'on veuille diviser en
deux portions égales, il faudra d'abord en chercher
la contenance, puis prendre à volonté une certaine
portion DZAY qui en contienne à-peu-près la moitié; on mesurera ensuite cette portion qui en contiendra la moitié, ou plus que la moitié, ou moins que la
moitié.

Dans le premier cas, l'opération est finie; dans le
second, il faut en retrancher; dans le troisième, il
faut en ajouter.

Dans ces derniers cas, on divisera la quantité qui
se trouve en moins ou en plus par la moitié de la longueur de la perpendiculaire YZ; le quotient donnera
la longueur YX que l'on devra prendre à gauche ou
à droite du point Y, selon qu'il faudra en retrancher
ou en ajouter.

Supposons, par exemple, que le trapèze ou trapézoïde, ait 124 décam. de superficie, et qu'on veuille le
diviser en deux portions égales de chacune 62 décam.;
on évaluera d'abord la portion ADYZ prise à volonté;
supposons encore que cette portion soit de 42 ares
72 centiares, et que YZ, perpendiculaire sur AB, ait
126 mètres de long, il faudra y ajouter encore une
quantité de 19 ares 28 centiares; on trouvera la lon-

gueur YX en divisant cette même quantité de 19 ares 28 centiares par 126 mètres.

Première remarque. On prendra YX à droite de la perpendiculaire, parce qu'il faut en ajouter ; en la prendrait du côté opposé, s'il fallait en retrancher.

Deuxième remarque. On peut diviser un quadrilatère comme un triangle (*Fig.* 77), c'est-à-dire, que l'on peut faire les portions de manière qu'elles aient leur borne commune sur l'un des côtés, ou dans l'intérieur (*Fig.* 78), à un point quelconque O.

VI. *Diviser en quatre portions égales de chacune 43 ares 25 centiares le pentagone ABCDE (Fig. 79), que l'on suppose contenir 173 ares.*

Pour former la première portion, je prends à volonté une portion AMNE que je mesure. Soit cette portion = 46 ares ; la quantité à soustraire de cette portion sera de 2 ares 75 centiares. Dans l'hypothèse que la perpendiculaire ait 10 décam. de long, on trouvera en divisant 175 par 5 décam., que le quotient = 55 centimètres ; ainsi on prendra donc MQ d'une longueur de 55 centimètres.

On formera la seconde portion comme la première, en prenant encore à volonté une portion quelconque MNDK que l'on évaluera. Supposons qu'après avoir réuni à cette portion la surface du triangle MON, elle se trouve encore trop petite de 5 ares 18 centiares ; pour y ajouter cette quantité, vous levez la perpendiculaire KD = 10 décam., par la moitié de cette longueur ; vous diviserez 5, 18 centiares, et vous aurez

5, 18 centiares pour la longueur de KT, base du triangle KTD qu'il faut ajouter à la portion ONDK pour compléter la seconde part ONDT. Il est inutile de dire comment on formera la troisième, puis la quatrième, c'est toujours la même chose.

La division d'un polygone de 6, 7, 8 côtés ne présente point plus de difficulté que celle d'un triangle ou d'un quadrilatère; il faut toujours opérer de la même manière. Ce qu'il y a de difficile dans cette partie de l'arpentage, c'est la division d'une garenne, d'un bois, d'un marais, d'un étang, etc. La difficulté d'agir dans l'intérieur, et souvent même à l'extérieur, est un obstacle que l'on ne peut vaincre qu'avec le secours de l'art; on ne peut donner ici que très peu d'exemples; c'est à celui qui opère à chercher comment il doit procéder lorsqu'il est sur les lieux.

DOUZIÈME LEÇON.

De la Division des Garennes, Bois, etc.

I. *Le polygone* ABCDE (*Fig.* 80) *représente une garenne contenant* 137 *ares, que l'on veut diviser en deux parts égales de chacune* 68 *ares* 50 *centiares, de manière que la borne commune se trouve en* D.

On commencera par lever la perpendiculaire KY sur le côté AB prolongé; puis faisant l'angle en Y de 90 degrés, on visera la borne D par cette construction ; YK = DX', YD = KAX. Soit YK = 126 mètres, YD = 6 décam., la surface du rectangle KXDY sera le produit de $126 \times 6 = 75$ ares 60 centiares. Dans l'hypothèse que EK = 4 décam.; AK = 2 décam.; la surface des deux triangles extérieurs sera de 29 ares 80 centiares ; cette quantité étant soustraite de l'aire du rectangle, il restera 45 ares 80 centiares pour le trapézoïde AEDX ; mais comme chaque part doit être de 68 ares 50 centiares, il faut encore y ajouter 22 ares 70 centiares. On trouvera la longueur XS, en divisant cette quantité par 126 mètres, et la portion DSX ajoutée à AEDX complète la première part ; le reste forme la seconde.

II. *Le polygone* ABCDEFG (*Fig.* 81) *est un bois contenant 25 hectares 11 ares, que l'on veut diviser en deux parts dont l'une en soit le $\frac{1}{3}$, l'autre les $\frac{2}{3}$.*

Il est clair que l'une des portions doit être de 8 hectares 47 ares, et l'autre de 16 hectares 94 ares.

Soit AXYZ un parallélogramme qui comprend à-peu-près la première portion AXHG, déduction faite des triangles et trapèzes extérieurs qui ne font point partie du bois ; soit encore ZY = 18 décam., XY = AZ = 45,7 m., YH = 10 déc.; la surface du parallélogramme AXYZ = $18 \times 457 = 8$ hect. 22 ares 60 centiares. Supposons que la surface extérieure AGHYZ, soit de 144 ares 60 centiares, il restera 6 hectares 78 ares pour l'aire du trapézoïde AGHX ; la quantité à ajouter est donc 1 hectare 69 ares. XH est perpen-

diculaire sur AB ; sa longueur = XY — YH = 457
m. — 10 décam. = 357 m. ; on trouvera donc que la
longueur de la base XB doit être de 47 mètres 34
centimètres, un peu moins, en divisant 169 ares par
357 mètres. Ainsi la portion ABGH sera la première
part ; le reste appartiendra à la seconde.

III. *Le polygone ABCDEF (Fig. 82) représente
un étang environné d'un marais, que l'on veut diviser en deux parties.*

Il est facile de voir, à l'inspection de cette figure, que
pour diviser ce polygone en un nombre quelconque de
parties, on peut employer les moyens mis en usage pour
diviser une garenne ou un bois. Mais il est souvent plus
simple d'en lever le plan en la manière indiquée (*le-
çon IX, application VI*.), de se transporter dans
une plaine, faire la même construction, procéder ensuite à la division comme s'il s'agissait d'un terrain
découvert. On pourrait encore faire cette division
avec un plan rédigé d'après l'échelle de proportion,
sur une table ou sur un parquet bien uni, en menant
toutes les lignes nécessaires, les mesurant sur l'échelle
du plan, et en faisant ensuite le calcul de ces diverses
dimensions ; les résultats indiqueraient les longueurs
qu'il faudrait prendre sur le terrain pour que chaque
portion eût la contenance requise.

Je ne crois point qu'il soit à propos de faire un
plus grand nombre d'applications ; si l'on a bien compris tout ce qui précède, on pourra sans peine se ti-
rer d'embarras : celui qui sera chargé de l'opération,

trouvera lui-même des moyens ; il en inventera même
de plus simples et de plus faciles ; car on ne prétend
point avoir tout indiqué. La pratique , jointe à la connaissance des principes , vaudra beaucoup plus que
tout ce que l'on pourrait encore ajouter.

DEUXIÈME PARTIE.

De la Stéréométrie.

TREIZIÈME LEÇON.

Définitions de la Stéréométrie et des corps qui en font partie.

39. La stéréométrie est l'art d'évaluer le volume des corps (*). Les corps sont des étendues qui ont trois dimensions, longueur, largeur et profondeur; ils se réduisent à trois espèces, savoir : les prismes, les pyramides et les polyèdres, et prennent différens noms selon le nombre et la forme des faces qui leur servent de limites ou d'enveloppes (**).

40. Les prismes sont des corps également gros dans toutes leurs longueurs (*Fig.* 84), compris sous des bases égales et parallèles, et terminés sur les côtés

_____

(*) Le volume d'un corps est la portion d'étendue comprise entre les faces qui l'enveloppent; on n'a point d'égard à la pesanteur; un cylindre de plomb n'a pas plus de volume qu'un cylindre de liége de même grosseur.

(**) Ceux qui liront cette partie feront bien de se procurer un petit corps de chaque espèce de ceux indiqués ci-dessus, afin d'avoir moins de peine à saisir les démonstrations.

par des faces qui sont des parallélogrammes, telle est une poutre dont la grosseur est uniforme.

Le prisme dont les bases sont des triangles ABC (*Fig.* 83) s'appelle prisme triangulaire. On nomme *cube* (*Fig.* 84) celui dont les bases et les faces latérales sont des carrés égaux, et *cylindre* (*Fig.* 86) celui dont les bases ABC, DEF sont des cercles. Représentez-vous un dé à jouer, vous aurez une idée parfaite du cube.

41. Les pyramides sont des corps dont les bases sont des polygones quelconques, et les faces latérales des triangles qui ont un sommet commun S. On nomme *pyramide triangulaire* (*Fig.* 88) celle dont la base ABC est un triangle; pyramide quadrangulaire celle dont la base est un quadrilatère, et *cône* (*Fig.* 90) celle qui a pour base un cercle : un pain de sucre ou un cierge ressemble parfaitement à un cône; il ressemblerait à une pyramide, si au lieu d'avoir une surface unie il en avait une composée de plusieurs petits triangles appuyés sur le contour de sa base et réunis par leur sommet à son extrémité. On appelle *pyramide tronquée* (*Fig.* 92) celle à laquelle on a retranché une portion vers le sommet, et *cône tronqué* (*Fig.* 93) celui auquel on a aussi retranché une portion vers le sommet : le pain de sucre vous en donnera encore une idée, si vous concevez qu'on en ait ôté un morceau vers le bout; un cierge qui a brûlé quelques heures est aussi un cône tronqué.

42. Les polyèdres sont des corps terminés par un assemblage de faces quelconques. Le polyèdre régu-

lier (*Fig.* 94) et rond en tous sens s'appelle *sphère*. Mais si, étant rond, il avait une surface composée de plusieurs petites facettes quelconques, comme serait celui qu'engendrerait le demi-polygone SAN (*Fig.* 94) en tournant autour de son axe SN, on l'appellerait *sphéroïde*.

43. La hauteur d'un prisme droit ou incliné se mesure par une perpendiculaire levée entre les deux bases prolongées s'il le faut. Il en est de même d'une pyramide ou d'un cône droit ou incliné, entier ou tronqué.

QUATORZIÈME LEÇON.

De l'évaluation des surfaces des corps.

On évalue la surface des corps comme on évalue dans l'arpentage la superficie des plaines, seulement le mètre remplace le décamètre.

44. La surface latérale d'un prisme droit est égale au contour de sa base multipliée par sa hauteur ; car chaque face est un parallélogramme rectangle dont la valeur est égale au produit de sa base par la hauteur du prisme ; donc, etc. Il en est de même du cylindre dont l'enveloppe peut être considérée comme étant composée d'une infinité de petits parallélogrammes ABCD; EFGH (*Fig.* 86).

45. La surface latérale d'un prisme incliné (*Fig.* 85) est aussi le produit de son contour multiplié par la

longueur de l'arête AA. Il est clair que le contour dont il s'agit ici ne doit point s'entendre de celui de la base; par exemple, celui du cylindre incliné est la circonférence d'un cercle A'B'C', tandis que celui de sa base est une courbe elliptique ABC.

46. La surface d'une pyramide droite et régulière est le produit du contour de sa base par la moitié de la hauteur de l'un des triangles. La pyramide et le cône tronqués ayant des trapèzes pour enveloppes, leur surface latérale sera le produit de leur contour moyen par la hauteur de l'un des trapèzes.

47. La surface de la sphère se déduit de celle d'un sphéroïde régulier; et elle est égale au produit de la circonférence d'un de ses grands cercles multiplié par son axe ou diamètre. La preuve de ce théorème se trouve dans tous les traités élémentaires de géométrie. Nous allons rapporter celle qu'en donne M. l'abbé de Lacaille, dans ses leçons de mathétiques :

« Imaginons maintenant, dit ce savant mathématicien, que le demi-polygone régulier SAN (*Fig.* 94) tourne autour de l'axe SN qui passe par son centre C, et cherchons la surface du sphéroïde que ce demi-polygone engendre par sa révolution.

» Il faut d'abord observer qu'il y a deux côtés dans ce polygone qui décrivent des cônes : ce sont les côtés BS et IN ; le seul côté AE décrit un cylindre; tous les autres, comme BA et IE décrivent des cônes tronqués. Or il suit de ce qui précède que la surface de l'un quelconque de ces cônes tronqués est égale au produit du côté générateur (AB, par exemple), par la circonférence du cercle que décrit le milieu M de ce côté.

» Cela posé, soit CM le rayon du cercle inscrit dans le polygone donné, et soient menées les perpendiculaires BQ, MP, AR sur l'axe SN, et soit mené BD parallèlement à QR, les triangles-rectangles ABD, CPM sont semblables, puisqu'ils ont leurs côtés homologues perpendiculaires. Donc AB : BD ou QR : : CM : PM, : : la circonférence qui a pour rayon CM est à la circonférence qui a pour rayon PM :: circ. CM : circ. PM ; donc AB × circ. PM, ou la surface du cône tronqué décrit par AB = QR × circ. CM.

» Par un raisonnement semblable appliqué aux solides décrits par les autres côtés du polygone, on prouve que la surface du sphéroïde est égale à (SQ + QR + RK + KL + LN) ou SN × circ. CM.

» Donc, la surface d'un sphéroïde quelconque est égale au produit de son axe par la circonférence du cercle auquel il est circonscrit.

» Or la sphère peut être regardée comme un sphéroïde d'une infinité de côtés ; donc, la surface de la sphère est égale au produit de son axe par la circonférence de l'un quelconque de ses grands cercles. »

Par conséquent une sphère qui aurait 7 mètres de diamètre, aurait 154 mètres carrés de surface.

48. Pour faire application de ce qui précède et nous faire mieux comprendre, nous allons évaluer les surfaces de quelques corps.

I. *On demande la surface d'une poutre qui a 6 mètres de long et 22 centimètres d'équarrissage?*

Cette poutre ressemble à un prisme ; on en aura donc la surface en multipliant (44) son contour =

88 centim. par sa longueur. Il est inutile de faire l'opération : on sait que le résultat serait 528 décim.
carrés (*).

(*) On a déjà fait observer qu'il était facile d'évaluer une
surface en mesures anciennes, lorsque ces mesures étaient
divisées en décimales ; mais il n'en est point de même lorsque
leurs subdivisions sont des pieds, des pouces, etc. Le premier moyen qui se présente consiste à réduire les facteurs
en parties de la plus petite espèce qui se trouve dans l'un
d'eux, effectuer ensuite la multiplication, et diviser le produit par la mesure décomposée en parties semblables à celle
du produit ; le quotient donne le résultat. Pour savoir, par
exemple, combien de toises carrées contient un rectangle de
2 toises 3 pieds de long sur une toise 4 pieds 8 pouces de
large, je réduis les deux facteurs en pouces, parce que les
parties de la plus petite espèce sont des pouces ; la longueur,
réduite en pouces, est de 180 ; et la largeur de 128 ; le produit de ces deux quantités 180 × 128 = 23040 pouces carrés ; le diviseur devant être de même espèce que le produit,
je divise par 5,184, valeur de la toise carrée évaluée en pouces carrés. En effectuant la division, on trouve d'abord 4
toises, et il reste 2,304 pouces carrés, que l'on divise par
144, valeur du pied carré réduit en pouces carrés, pour savoir combien ce reste contient de pieds ; on trouve qu'il en
contient 16, et qu'il ne reste rien ; s'il restait quelque chose,
on l'évaluerait en fractions du pied.
   Ce procédé est peu en usage, parce qu'il conduit à opérer
sur des nombres un peu grands ; le plus souvent on ne réduit point, et on compte par toises-toises, toises-pieds, toises-
pouces, toises-lignes, toises-points ; on abrège ainsi les noms
de ces diverses parties, à commencer par la toise-toise : t. t.,
t. pi., t. po., t. l., t. pt. ; elles répondent à de petits rectangles d'une toise de haut, qui ont successivement pour base

6

II. *On demande la surface d'une poutre de 78 déci-*
mètres de long sur 75 centimètres d'équarrissage d'un
bout et 45 de l'autre?

Cette poutre ressemble à une pyramide tronquée,

---

1 pi. 1 po. 1 li. 1 pt., si l'on en excepte la t. t. qui est une
toise carrée. Afin de donner une idée de la manière d'opérer, prenons pour exemple un rectangle ayant 12 t. 3 pi.
7 po. 5 li. d'une dimension, et 8 t. 4 pi. 5 po. 4 li. d'une
autre. On concevra d'abord que l'une des dimensions est la
base d'un rectangle d'une toise de haut, dont la valeur, si
on choisit la première, sera de 12 t. t. 3 t. pi. 7 t. po. 5 t. li. ;
on multipliera ensuite cette quantité considérée comme un
nombre abstrait, par l'autre dimension, et l'emploi des parties aliquotes, comme il est enseigné dans presque tous les
traités d'arithmétique, donnera l'opération suivante :

	12 t. t.	3 t. pi.	7 t. po.	5 t. li.	
×	8 t.	4 pi.	5 po.	4 li.	

		96				
Pour 2 t. pi. 2	4					
1 t. pi. 1	2					
6 t. po. 0	4					
1 t. po. »	»	8				
4 t. li. »	»	2	8			
1 t. li. »	»	»	8			
3 pi.. 6	1	9	8	6		
1 pi.. 2	»	7	2	10		
4 po.. »	4	2	4	11 1/3		
1 id.. »	1	»	7	2 5/6		
4 li.. »	»	4	2	4 17/18,		

---

110 t. t. 0 t. pi. 11 t. po. 5 t. li. 11 t. pt. ⅞

Si l'on juge à propos de réduire les diverses unités de ce

on en aura la superficie en multipliant (46) son contour moyen par sa longueur.

OPÉRATION.

Contour d'un bout	=	3 mètres.
+ Contour de l'autre	=	1,80 cent.

Somme	=	4,80 centim.

Contour moyen	=	2,4 décim.
× Longueur	=	7,9 déc. à-peu-près.

$$216$$
$$168$$

$$1896 \text{ décim.}$$

La surface latérale de cette poutre est donc de 18 mètres 96 décimètres carrés.

III. *On demande la surface d'une colonne de 82 décimètres de circonférence, sur 32,4 décimètres de haut ?*

Puisqu'une colonne ressemble à un cylindre dont l'enveloppe est un parallélogramme rectangle, on en

---

résultat en toises, pieds, pouces et lignes carrées, on le pourra sans peine, en observant que 1 t. pi. vaut 6 pieds c., 1 t. po. 1/2 pied c., ou 72 po. c., 1 t. li. 6 pouces c., 1 t. pt. 1/2 pouce c., ou 72 lig. c., et on trouvera, réduction faite, 110 toises carrées 5 pieds 107 pouces c. 80 lignes c.; mais il est inutile de réduire quand il ne s'agit que de déterminer le prix des ouvrages.

6..

aura la surface en multipliant (44) son contour par sa hauteur.

OPÉRATION.

Contour = 8,2 décim.
× Hauteur = 32,4 décim.

$$
\begin{array}{r}
328 \\
164 \\
246 \\
\hline
= 265,68 \text{ déc. c.}
\end{array}
$$

La surface ou l'enveloppe de cette colonne est donc de 265 mètres 68 décimètres carrés.

IV. *On demande la surface d'une colonne dont le contour de la base est de 6,27 centimètres, celui du haut 43 décim., sur une hauteur de 13 mètres?*

Cette colonne est un cône tronqué; il faut donc multiplier son contour moyen (46) par sa hauteur.

OPÉRATION.

Contour de la base = 6,27 centim.
+ Id. du haut = 4,23

$$
\begin{array}{rl}
\text{Somme} = & 10,50
\end{array}
$$

Contour moyen = 5,25 centim.
× Hauteur = 13 mètres.

$$
\begin{array}{r}
15,75 \\
52,5 \\
\hline
68,25 \text{ déc. c.}
\end{array}
$$

La surface ou l'enveloppe de cette colonne est donc de 68 mètres c. 25 décim. carrés.

QUINZIÈME LEÇON.

Évaluation des volumes des corps.

49. Évaluer un volume c'est chercher combien de fois il en contient un autre plus simple pris pour unité de mesure. Dans le système métrique, c'est le *stère* ou *mètre cube* qui est l'unité de mesure. Dans l'ancien système, c'est la *toise cube* pour ce qui concerne les ouvrages de maçonnerie, les fouilles et les terrasses, et la *solive*, pour ce qui concerne le bois en grume, de sciage, etc.

50. Pour connaître le moyen qu'il faut employer pour savoir combien de fois le prisme ABCD (*Fig.* 84) contient de mètres cubes ou de stères, je divise sa base ABCD en plusieurs petites surfaces de chacune 1 mètre carré; je divise également sa hauteur en tranches d'un mètre d'épaisseur chacune; la base ABCD contenant 16 mètres carrés, il est évident que chaque tranche en contiendra 16; or, la hauteur contenant 4 tranches, le prisme en contiendra donc 4 × 16 = 64.

51. D'où il s'ensuit que pour avoir la valeur d'un prisme, il faut d'abord en évaluer la base en mètres carrés, la multiplier ensuite par la hauteur.

52. Le volume d'un prisme triangulaire (*Fig.* 83) est aussi le produit de sa base par sa hauteur; car si l'on conçoit que le prisme (*Fig.* 84) soit partagé en deux prismes triangulaires égaux, ces deux prismes auront chacun pour base la moitié de la base du pris-

me dont ils font partie ; la hauteur sera la même ; donc, etc.

53. Le volume d'un cylindre (*Fig.* 86) est encore le produit de sa base par sa hauteur : la proposition est trop évidente pour être prouvée.

54. Le volume d'un prisme oblique (*Fig.* 85) s'obtient également en multipliant la base par la hauteur. Il est clair en effet que l'on ne peut point faire dans le prisme incliné plus de tranches d'un mètre d'épaisseur que l'on en peut faire dans le prisme droit ABDC ; or, dans l'hypothèse que la base du prisme oblique soit égale à celle du prisme droit (ce qui est toujours possible), chaque tranche de l'un en contiendra autant que chaque tranche de l'autre ; *donc le volume d'un prisme oblique est aussi le produit de sa base par sa hauteur.* Il en est de même du cylindre incliné.

Soit, par exemple, ABCD la base du prisme $= 14$ mètres carrés, et sa hauteur six mètres carrés, son volume $= 14 \times 6 = 84$ stères.

55. Le volume d'une pyramide est égal au produit de sa base multipliée par le tiers de sa hauteur.

On peut s'en convaincre en concevant le prisme (*Fig.* 84) comme étant composé de six pyramides égales qui se réunissent par leur sommet au centre du prisme, et qui ont chacune pour base une de ses faces, et une hauteur égale par conséquent à la moitié de celle du prisme qu'elles composent. Or, comme la somme de leur volume égale évidemment celui du prisme dont elles font partie, le volume de chacune est donc le produit de sa base par le $\frac{1}{3}$ de sa hauteur ou par le $\frac{1}{6}$ de celle du prisme. En effet, la base valant 16 mètres carrés et la hauteur 2 mètres, on trouve $\frac{16 \times 2}{3} = \frac{32}{3}$ pour le volume d'une seule, et $\frac{32}{3} \times 6 = 64$ stères pour le volume des six pyramides, qui est aussi celui du prisme qui égale $16 \times 4 = 64$.

56. Le cône étant une pyramide dont la base est un polygone infinitaire ou un cercle, son volume est aussi le produit de sa base par le $\frac{1}{3}$ de sa hauteur. Il en est de même d'une pyramide et d'un cône inclinés; on s'en convaincra aisément en faisant le même raisonnement que l'on a fait pour le prisme oblique.

57. Le volume d'une pyramide tronquée (*Fig.* 92) est égal au $\frac{1}{3}$ de sa hauteur, multipliée, 1°. par la somme des deux bases; 2°. par la racine carrée du produit des deux bases.

1°. Il est clair que le volume de la pyramide tronquée est égal au volume de la pyramide entière ABCS, moins celui de la portion retranchée A'B'C'S.

Soit ABC la base de la pyramide entière $= 16$ mètres carrés, et sa hauteur SX $= 6$ mètres; son volume sera (55) 16 mètres $\times 2 = 32$ stères.

Soit encore la base A'B'C' de la portion retranchée $= 4$ mètres carrés, et sa hauteur Sx'' $= 3$ mètres; son volume sera aussi le produit de $4 \times 1 = 4$; leur différence 32 stères $-$ 4 stères $= 28$, est la valeur de la pyramide tronquée.

2°. Maintenant si en multipliant le ⅓ de la hauteur Xx', 1°. par la somme des deux bases; 2°. par la racine carrée du produit des deux bases, on a le même résultat, on sera convaincu de la vérité de la proposition.

1ʳᵉ. OPÉRATION.	2ᵉ. OPÉRATION.

Base A'B'C' = 4 mètres.
+ Id. A B C = 16

Somme = 20 mèt.
× 1/3 de Xx' = 1
------
20 stères.

1ʳᵉ. Base = 4 mèt.
× 2ᵉ. Base = 16

= 64
Racine carrée 8
× 1/3 de Xx' = 1

8
+ 1ᵉʳ. produit = 20

Somme = 28 stères.

On trouve donc encore 28 stères, ce qui fait la matière de la proposition.

Première remarque. On peut ne faire qu'une seule opération, en prenant d'abord la racine carrée du produit des bases pour l'ajouter à la somme des bases, et en multipliant ensuite le total par le ⅓ de la hauteur Xx'.

Deuxième remarque. Lorsque les bases sont les produits de deux dimensions égales, comme 4×4 = 16; ou $2 \times 2 = 4$, il est inutile de multiplier les deux bases l'une par l'autre, et d'en prendre ensuite la racine carrée; on parvient au même résultat en multipliant la dimension d'une base par la dimension de l'autre : comme $4 \times 2 = 8$ également.

59. Pour obtenir le volume d'un cône tronqué (*Fig.* 93), il faut, 1°. multiplier chaque diamètre par

lui-même; 2°. les multiplier l'un par l'autre; 3°. former la somme de ces trois produits, et la multiplier par la ½ de la hauteur du tronc; 4°. multiplier encore ce nouveau produit par 11, et diviser le résultat par 21 : le quotient donnera le volume cherché.

1°. Soit AB le diamètre de la grande base $= 14$ mètres, A'B' celui de la petite $= 7$ mètres. Xx' sa hauteur $= 3$ mètres; la hauteur Sx' de la portion retranchée doit être aussi de 3 mètres.

OPÉRATION.

Carré du 1er. diamètre $= 14 \times 14 = 196$
Carré du 2°. Id. $7 \times 7 = 49$
Produit du 1er. par le 2°. $14 \times 7 = 98$

Somme $\qquad$ 343
$\times$ 1/2 de la hauteur Xx' $=$ $\qquad$ 15 décim.

$$
\begin{array}{r}
1715 \\
343 \\
\hline
\end{array}
$$

1er. Produit $=$ 5145
$\times$ 11

$$
\begin{array}{r}
5145 \\
5145 \\
\hline
\end{array}
$$

56595 $\left\{\begin{array}{l} 21 \\ \overline{269,5} \end{array}\right.$
145
199
105
00

On multiplie par 11 le premier produit, puis on divise le deuxième par 21 conformément à l'énoncé de la proposition, et le quotient donne 269 stères 5 décistères.

2°. Si on évalue maintenant le cône comme s'il était

entier, puis le petit cône retranché, pour le soustraire du cône entier, et que l'on ait même résultat, la
proposition sera prouvée. Par hypothèse, le diamètre
étant 14 mètres, la base sera (34) 154 mètres carrés,
et son volume 154 × 2 = 308 stères ; le diamètre de
la base du petit cône étant 7, la valeur de sa base sera
38 mètres 5o décimètres, et son volume égalera 38,5o
× 1 mètre ou 38 stères 5o centistères.

La différence de ces deux résultats est de 269 stères
5o centistères, comme ci-dessus; donc, etc. (*), ce
qui ne doit laisser aucun doute; car il n'y a que des
principes vrais qui puissent mener au même résultat
par des voies différentes.

60. Le volume de la sphère est égal au produit de
sa surface multipliée par le tiers du rayon.

On peut regarder la sphère comme un corps régulier, composé d'une infinité de petites pyramides
égales, qui ont leur sommet au centre; la somme de
leurs bases égale la surface de la sphère; et leur hauteur ne diffère point du rayon; le volume de chacune
étant, comme on sait, le produit de sa base par le
tiers de sa hauteur (55), le volume de la sphère sera

(*) Comme ce procédé serait un peu long pour la pratique, on peut l'abréger, comme nous le ferons voir dans la
suite, en multipliant la somme 343 provenant des divers
produits des diamètres, par le $\frac{1}{4}$ de la hauteur Xx' ; et en
ajoutant $\frac{1}{20}$ au produit, on aura un résultat peu différent du
véritable.

par conséquent le produit de sa surface par le tiers de son rayon.

Exemple. Soit le diamètre de la sphère que l'on veut évaluer, qui égale 3 mètres, on trouvera la circonférence en faisant cette proportion :

$$7 : 22 :: 3 : x = \frac{22 \times 3}{7} = \frac{66}{7} = 9,43 \text{ centim: un peu moins:}$$

$$\times \text{ le diamètre} = 3$$

Surface $= 28,29$ décim.

$\times$ 1/3 du rayon $=$ o5

Volume $= 14,1450$

On trouve donc pour le volume 14 stères 145 millistères (*).

Si le polyèdre était irrégulier, on le décomposerait en plusieurs petites pyramides, qui auraient chacune pour base une des faces du polyèdre, et une hauteur quelconque; on les évaluerait chacune en particulier, et la somme des résultats serait le volume du polyèdre.

(*) *Observation.* On sait que les millièmes répondent aux décimètres cubes. On pourrait donc énoncer ce résultat de cette manière : 14 stères 145 décim. cubes; mais s'il n'y avait qu'un ou deux chiffres décimaux, on ne pourrait l'énoncer en décimètres qu'en ajoutant à droite deux ou un zéro. Il faut toujours que les chiffres décimaux soient au nombre de trois ou de six pour pouvoir être énoncés en décimètres ou en centimètres cubes; mais il est bien plus simple de s'en tenir à la première manière, pourvu que l'on ait soin de ne pas confondre les décistères et les centistères avec les décimètres et les centimètres linéaires.

61. On voit, d'après ce qui précède, que l'art d'évaluer les volumes est fondé sur ces deux principes :

1er. *Le volume d'un prisme est le produit de sa
base par sa hauteur* (50).

2e. *Le volume d'une pyramide ou d'un cône est le
produit de sa base par le tiers de sa hauteur* (55) (*).

Les autres n'en sont que des conséquences.

SEIZIÈME LEÇON.

Application des principes.

1. *Evaluer le volume d'une poutre qui a* 47 *centi.
d'équarrissage sur* 102 *décimètres de long.*

Cette poutre est un prisme ; on en aura le volume
en multipliant sa base (51) par sa longueur.

$$
\begin{array}{r}
47 \\
\times \ 47 \\
\hline
329 \\
188 \\
\end{array}
$$

Base	=	22,09 centim. carr.
× Longueur =		10,2 décim.

$$
\begin{array}{r}
4418 \\
22090 \\
\hline
\end{array}
$$

Volume = 2,253,18

Le volume de cette poutre est donc de 2 stères 253

(*) En représentant les prismes par PR, les pyramides par
PY, leurs bases par B et leurs hauteurs par H, on aura PR =
B × H et PY = B × ⅓ H. Appelant PT les pyramides tronquées, CT les cônes tronqués, H leurs hauteurs, B les grandes
bases, B' les petites bases, on aura pour expression de leurs

millistères ou décimètres cubes. On néglige 18 comme étant une quantité de peu de valeur (*).

volumes PT ou CT $= \frac{1}{3}$ H $(B + B' + \sqrt{B \times B'})$, et les principes seront exprimés avec la plus grande laconicité et d'une manière facile à retenir.

(*) Pour évaluer un corps en toises, pieds, pouces, lignes cubes, on pourrait aussi convertir les facteurs en parties de la plus petite espèce qui soit dans l'un d'eux, et diviser le produit par la mesure décomposée en parties semblables; mais il est plus simple de supposer que la hauteur du volume que l'on se propose d'évaluer, soit d'une toise de haut, et de multiplier ensuite sa valeur par sa hauteur réelle. Dans l'hypothèse que le volume ait pour base un rectangle de 5 t. t., 4 t. pi., 7 t. po., et une hauteur de 13 t. 4 pi. 5 po., en le considérant d'abord comme n'ayant qu'une toise de haut, son volume sera exprimé par 5 t. t., 4 t. t. pi., 7 t. po. (ce qui signifie 5 toises-toises-toises, 4 toises-toises pieds, 7 toises-toises pouces.) Multipliant ce nombre, à l'aide des parties aliquotes, par la hauteur proposée, le produit exprimera la valeur du prisme.

OPÉRATION.

	5 t. t. t.	4 t. t. pi.	7 t. t. po.			
× 13 t.	4 pi.	5 po.				
65						
Pour 3 t. t. pi.	6.	3				
1 Id.	2.	1				
6 t. t. po.	1.	».	6			
1 Id.	».	1.	1			
3 pieds.	2.	5.	3.	6		
1 Id.	».	5.	9.	2		
4 po.	».	1.	11.	».	8	
1 Id.	».	».	5.	9.	2	
791 t. t. t.	7 t. t. pi.	» t. t. po.	5 t. t. li.	10 t. t. pt.		

Il est facile de réduire ce résultat en toises, pieds, pouces

* Ce signe veut dire racine carrée de B × B'.

(94)

II. *Évaluer le volume d'une muraille en talus de
25 décimètres de haut, 18 mètres de long, et 8 décimètres d'épaisseur à la base.*

Cette muraille ressemble à un prisme triangulaire;

---

et lignes cubes; il suffit d'observer que ces diverses unités,
exprimant la valeur de plusieurs petits prismes ou blocs
d'une toise carrée de base, qui ont successivement pour hauteur 1 pied, 1 pouce, une ligne, 1 point, sont entre elles
comme les subdivisions de la toise linéaire; or, la toise cube
contenant 216 pieds cubes, la toise-toise pieds en contient
donc $\frac{216}{6}$ ou 36; la toise-toise pouces, $\frac{36}{12}$ ou 3 pieds; la toise-
toise lignes, $\frac{3}{12}$ ou $\frac{1}{4}$ de pied, ou 432 pouces cubes (puisque
le pied cube contient 1728 pouces cubes); la toise-toise points,
$\frac{432}{12}$ ou 36 pouces cubes; il ne s'agit donc que de multiplier
par les nombres 36, 3, $\frac{1}{4}$, 36, avec attention de multiplier
par 432 ce qui reste des toises lignes après les avoir divisées
par 4; d'ajouter ensuite le produit à celui des toises-toises
points évaluées en pouces cubes. Le nombre ou le résultat
précédent, réduit d'après ces principes, devient 79 toises cubes, 37 pieds cubes, 792 pouces cubes.

Le procédé en usage pour l'évaluation du bois à l'ancienne
mesure ou solive, ne diffère pas beaucoup du toisé. Pour
évaluer, par exemple, une pièce de bois de 15 pouces d'équarrissage, et de 18 pieds 4 pouces de long:

OPÉRATION.

```
                15 pouces cub.
        ×       15   id.
        ————————————————
        =      225  po. c.
×  Longueur =   18,4
        ————————————————
               4050
Pour 4 pouc.     75        { 432 ch. 144 ch.
        ————————————————   { 9 sol.-1 pi.
               4125
                237
                 93
```

On multiplie 15 pouces par 15 pouces, puis le produit qui

son volume sera par conséquent (52) le produit de sa base par la moitié de sa hauteur.

OPÉRATION.

Longueur = 18 mètres.
× Épaisseur = 8 décim.
_____
14,40
× ½ Hauteur = 125 centim.
_____
7200
2880
1440
_____
18,0000 mèt. cub.

égale 225 pouces carrés, par la longueur qui égale 18 pieds 4 pouces, ce qui donne pour résultat, en prenant pour les 4 pouces le ⅓ de 225, 4125 chevilles (puisque ce sont des pouces carrés multipliés par des pieds).

On divise ensuite par 432 chevilles = 1 solive ; il vient 9 solives et reste 237, que l'on divise par 144 chevilles = 1 pied cube ; il vient 1 pied au quotient et reste 93 chevilles, que l'on réduit en pouces cubes en multipliant par 12, ce qui fait, pour la valeur de cette poutre, 9 solives 1 pied cube, plus 93 chevilles, ou 1116 pouces cubes.

Quelques-uns divisent la solive en six parties appelées *pieds de solive*, le pied de solive en douze parties appelées *pouces de solive :* par conséquent si on avait voulu avoir des pieds et des pouces de solive au résultat précédent, il aurait fallu multiplier le premier reste 237 par 6, diviser le produit par 432, puis multiplier le second reste par 12, diviser encore ce second produit par 432 ; ce qui serait resté ensuite on l'aurait évalué en une fraction du pouce de solive.

Mais quelque moyen qu'on emploie, les calculs sont toujours fort longs, et demandent beaucoup d'application ; si on les met ici sous les yeux du lecteur, c'est moins pour les faire connaître que pour en inspirer le dégoût à ceux qui auraient encore la manie de vouloir en faire usage.

III. *Evaluer une colonne de* 6 *mètres de circon-férence, et de* 12 *mètres* 25 *centimètres de haut.*

Cette colonne ressemble à un cylindre, on obtien-dra donc son volume en multipliant (53) sa base par sa hauteur.

OPÉRATION.

$$22 : 7 : 6 : x = \frac{6 \times 7}{22} = \frac{42}{22} = \quad 1,909 \text{ milli. un peu plus.}$$

Le quart.	=	0,477,25
× La circonfér.	=	6 m.
Base.	=	·2,863,50
× Hauteur.	=	12,25
		1431750
		·572700
		572700
		286350
		35,077,875,0

Ce qui fait pour le volume de cette colonne, 35 stères 177 millistères ou décimètres cubes 875 cen-tièmes ou céntim. cubes.

IV. *Evaluer le volume d'une poutre de* 47 *centi-mètres d'équárrissage d'un bout, et de* 42 *de l'autre, sur une longueur de* 9 *mètres.*

Cette poutre ressemble à une pyramide tronquée; on obtiendra donc son volume en procédant comme il est dit à la deuxième remarque du (58).

OPÉRATION.

1re. Base = 47 × 47 =	2209	
+ 2°. Base = 42 × 42 =	1764	
+ Produit d'une dim. par l'autre = 47 × 42 =	1974 cent. c.	
Somme........ =	5947 cent. c.	
× 1/3 Longueur........ =	3 m.	
	1,78,41	

On trouve donc pour résultat 1 stère 78 centist. 4t centièmes de centistère.

V. *Évaluer le volume d'une pièce de bois de 4 dé-cimètres d'équarrissage d'un bout, et de 16 de l'autre, sur une longueur de 21 mètres.*

Cette pièce de bois ressemble encore à une pyra-mide tronquée; il faut donc encore avoir recours au procédé de la deuxième remarque du N°. (58) *.

OPÉRATION.

$$1^{re}. \text{ Base} = 16 \times 16 = 256 \text{ décim. car.}$$
$$+ \ 2^{e}. \text{ Base} = 4 \times 4 = 16$$
$$+ \text{Produit d'une dim. par l'autre} = 4 \times 16 = 64$$
$$\text{Somme} \dots \dots = 336$$
$$\times \ 1/3 \text{ Longueur} \dots \dots = 7 \text{ m.}$$
$$\text{Volume} \dots \dots = 23,52$$

On trouve donc pour résultat 23 stérés 52 centi-

(*) Ceux qui ne savent point la stéréométrie procèdent ainsi :

OPÉRATION.

$$1^{re}. \text{ Dimension} = 16 \text{ décim.}$$
$$+ 2^{e}. \text{ Id.} = 4$$
$$\text{Somme.} = 20$$
$$1/2 \text{ Somme.} = 10$$
$$\times 1/2 \text{ Somme.} = 10$$
$$= 100$$
$$\times \text{ Longueur} = 21$$
$$100$$
$$200$$
$$21,00$$

Ils forment la somme des deux dimensions dont ils pren-nent la moitié qu'ils multiplient par elle-même, puis ils mul-tiplient le produit par la longueur; le dernier résultat, qui

7

stères, ou, en ajoutant un zéro, 520 décimètres cubes.

VI. *Évaluer le volume d'une pièce de bois de 6 décimètres sur 5 d'équarrissage, par un bout, et de 4 décimètres sur 8 par l'autre, sur une longueur de 12 mètres.*

Il faut procéder comme il est dit (57).

OPÉRATION.

Produit de la $\begin{cases} 1^{re}. \text{ Base} = 6 \times 5 = 3o \\ 2^e. \text{ Id.} = 4 \times 3 = 12 \end{cases}$

Produit de la 1re. par la 2e. $3o \times 12,$
$= 36o$, dont la racine........ $= 18,973$ mill. un peu plus.

$$\text{Somme.. } = 6o,973.$$
$$\times \ 1/3 \text{ Longueur } = \ 4 \text{ m.}$$
$$\overline{2,438,920 \text{ centim. cub.}}$$

On a donc pour le volume, 2 stères 438 millistères ou décimètres cubes, 920 centimètres cubes.

VII. *Évaluer le volume d'un arbre qui a 4 mètres de circonférence, sur une longueur de 18 mètres 21 centimètres.*

Il est facile de voir qu'un tronc d'arbre, dans toute sa longueur, tel que l'a produit la nature, ressem-

est ici de 21 stères, donne selon eux le volume demandé ; mais il s'en faut beaucoup comme on voit, puisqu'il y a une différence de plus d'un neuvième ; il faut donc, bien se garder de faire usage de cette mécanique, excepté dans le cas où les bases ne diffèrent pas entre elles, ou lorsque le bois est de peu de valeur.

ble à un cône; il en est de même d'une perche, et en
général de tout le bois en grume; on en aura donc le
volume en multipliant (56) sa base par sa longueur.

OPÉRATION.

$$22 : 7 :: 4 : x = \frac{7 \times 4}{22} = \frac{28}{22} = \quad 1 \text{ m. } 27,27 \quad \text{cent. cub.}$$

$$\times \text{ 1/4 circonférence} = \quad 1 \text{ m.}$$

$$
\begin{array}{rl}
\text{Base} \dots \dots = & 1,27,27 \quad \text{cent. cub.}\\
\times \text{ 1/3 Longueur} \dots = & 6,07
\end{array}
$$

$$
\begin{array}{r}
89089\\
763620
\end{array}
$$

$$7,725,289 \quad \text{cent. cub.}$$

On trouve donc pour le volume, 7 stères 725 millistères ou décimètres cubes, plus 289 centimètres cubes, ou millièmes de millistère (*).

(*) Si on voulait savoir quel serait le volume d'un tronc
d'arbre après être équarri, il faudrait multiplier le diamètre
de la base par lui-même, prendre la moitié du produit, et
multiplier cette moitié par le 1/3 de la longueur. En faisant
l'opération pour le tronc ci-dessus, par exemple, on trouve
5 stères 415 millistères un peu moins. (Ceci est démontré
dans les questions diverses (IV).

7.

VIII. *Évaluer le volume d'un tronc d'arbre d'un mètre de diamètre d'un bout, de 45 centimètres de l'autre bout, sur une longueur de 9 mètres.*

Ce corps ressemble à un cône tronqué ; on en aura le volume en procédant comme il est dit (59).

OPÉRATION.

$$
\text{Produit} \begin{cases}
\text{du } 1^{er}. \text{ diam. par lui-même. } 1 \times 1 = 1 \\
\text{du } 2^e. \text{ } id. \dots\dots\dots\dots 45 \times 45 = 0,2025 \\
\text{du } 1^{er}. \text{ par le } 2^e. \dots\dots 1 \times 45 = 0,4500
\end{cases}
$$

$$
\begin{array}{r}
S^e \dots\dots\dots\dots\dots 1,6525 \\
\times \text{ } 1/2 \text{ longueur } \dots\dots 45 \text{ déci.} \\
\hline
82625 \\
66100 \\
\hline
= 743625 \\
\times \quad 11 \\
\hline
743625 \\
743625 \\
\hline
\end{array}
$$

$$
\begin{array}{r|l}
8179875 & 21 \\
187 & \overline{3,895,17} \\
199 & \\
108 & \\
037 & \\
165 & \\
18 &
\end{array}
$$

Le dernier résultat divisé par 21 donne pour quotient ou volume 3 stères 895 millistères 18 centièmes de millistère un peu moins (*).

(*) En multipliant la moitié de la somme des divers produits des diamètres d'un tronc d'arbre, par le tiers de sa longueur, on obtient le volume qu'il aurait étant équarri ; cela est clair.

Observation. On peut abréger, comme il est dit à la note du n°. 59, en multipliant la somme des divers produits des diamètres, 16525 par le quart de la longueur, ou ce qui revient au même, en prenant la moitié de 7,43625, qui égale 3,718125, et en ajoutant à cette moitié le vingtième de cette même moitié, qui égale 18590625, ce qui fait 3 stères 904 millistères un peu plus. On voit que ce résultat diffère du premier de 8 millistères environ; différence bien petite, qui ne doit point empêcher d'avoir recours à ce procédé, quelle que soit l'importance de la matière.

OPÉRATION.

$$743625$$

Moitié	=	3718125
+ 1/20	=	18590625
S⁰.	=	390403125

Remarque. On pourrait évaluer un cône tronqué comme on évalue les pyramides tronquées, en cherchant, 1°. la valeur de chaque base; 2°. En ajoutant à leur somme la racine carrée de leur produit, l'une par l'autre; 3°. En multipliant le tout par le tiers de la longueur; c'est même de cette manière qu'il faut procéder lorsque les bases sont elliptiques.

IX. *Trouver combien il faudrait enlever de mètres cubes pour creuser un puits de 30 mètres de profondeur, 18 décimètres de diamètre à l'ouverture, 8 au fond.*

On voit aisément que la capacité de ce puits équivaut à un cône tronqué de même dimension (59).

OPÉRATION.

$$
\text{Produit} \left\{
\begin{array}{l}
\text{du 1}^{\text{er}}. \text{ diam. par lui-même} = 18 \times 18 = 324 \\
\text{du 2}^{\text{e}}. \; id \dots\dots\dots\dots = 8 \times 8 = 64 \\
\text{du 1}^{\text{er}}. \text{ par le 2}^{\text{e}}. \dots\dots = 18 \times 8 = 144
\end{array}
\right.
$$

$$
\begin{array}{r}
\text{S}^{\text{e}} \dots\dots\dots\dots 532 \\
\times \; 1/2 \text{ longueur } 10\,\text{m.} \\
\hline
5320 \\
\times \quad 11 \\
\hline
5320 \\
5320 \\
\hline
58520 \quad 21 \\
165 \quad 27867 \\
182 \\
142 \\
160 \\
13
\end{array}
$$

On trouve donc pour résultat, 27 mètres 867 décimètres cubes.

X. *Trouver combien il faudrait enlever de mètres cubes pour creuser un fossé de 14 mètres de long, de 1 mètre de profondeur sur 14 décimètres de large à l'ouverture, et 8 au fond.*

On voit aisément que la capacité du fossé équivaut

à un prisme dont la base serait un trapèze ABCD =
$1 \times \dfrac{14+8}{2} = 110$ décimètres carrés. En multipliant
donc 110 par la longueur ou 14 mètres, on trouve
qu'il faudrait en enlever 15 mètres cubes $\frac{2}{7}$.

XI. *Trouver combien il faudrait de briques pour
faire une muraille de 18,17 centimètres de long,
3,45 centim. de haut, 44 centimètres d'épaisseur.*

On évaluera d'abord la muraille en multipliant
deux dimensions l'une par l'autre, puis le produit par
la 3e. (puisqu'elle ressemble à un prisme).

En effectuant l'opération, on trouvera pour résultat, 27,582,060 centimètres cubes; divisant donc ce
résultat par 1452 centimètres cubes, valeur de la
brique, dont les dimensions sont, y compris le mor-
tier, 6 centimètres d'épaisseur, 11 de large, 22 de
long, on aura pour quotient ou pour réponse, 18996
briques moins à-peu-près $\frac{2}{7}$.

XII. *Mesurer la capacité d'un vase circulaire ou
d'un tonneau (Fig. 95).*

Pour évaluer un tonneau, on a coutume de le consi-
dérer comme étant divisé vers le milieu AB en deux
parties égales, dont chacune répond à un cône tronqué d'une hauteur égale à la moitié de la longueur
XX du tonneau, et qui a pour bases les surfaces du
grand cercle AB et des petits cercles CD qui forment
les fonds; il suffit donc de procéder comme s'il s'agissait d'évaluer deux cônes égaux.

Soit AB le diamètre de la grande base = 52 centimètres, CD celui de la petite = 45 centimètres, XX
la longueur du tonneau = 1 mètre.

OPÉRATION.

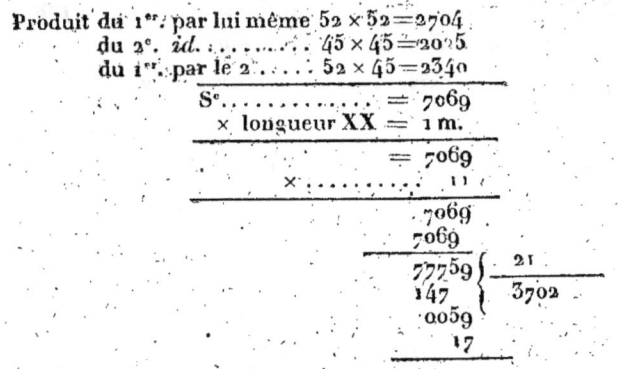

Produit du 1.er par lui même 52 × 52 = 2704
du 2.e. *id.* .... 45 × 45 = 2025
du 1.er par le 2 ..... 52 × 45 = 2340

S.e .... = 7069
× longueur XX = 1 m.

= 7069
× 11

7069
7069

77759 { 21
147   { 3702
0059
17

La contenance de ce tonneau est de 37 décalitres o litre 2 décilitres 17/21.

XIII. *Il existe un instrument appelé* jauge, *au*
moyen duquel on évalue sans peine la capacité d'un
tonneau, quelle qu'en soit la grandeur ; il est cons-
truit d'après ce principe, que les vases cylindriques
qui ont même hauteur, sont entre eux comme leurs
bases ; mais les bases étant des cercles, elles sont
entre elles comme les carrés de leurs diamètres.

Il ne s'agit donc que de trouver le diamètre de la
base d'un petit vase qui contient un décalitre, puis
les diamètres des bases qui soient doubles, triples,

quadruples, quintuples, etc., ce qui n'est point difficile, le premier étant connu (*).

Soit AB (*Fig.* 96), le diamètre d'un vase qui contient un décalitre, prenez A 1 = AB, menez B 1 ;
prenez encore A 2 = B 1, puis A 3 = B 2, A 4 = B 3,
A 5 = B 4, etc. ; vous aurez par ce moyen les diamètres des vases qui seront doubles, triples, quadruples, etc., du premier, mais qui auront même hauteur; portant sur une verge de bois ou de fer, d'un côté
les divisions A 1, A 2, A 3, A 4, etc., de l'autre, la
longueur du petit vase autant de fois qu'il sera possible, on aura ce que l'on appelle une *jauge.*

Remarque. On peut prendre AB égal au grand
ou au petit diamètre du vase, selon qu'on le croit
plus commode; mais la jauge une fois construite sur
un diamètre, ne peut être employée à prendre mesure que sur ce même diamètre.

(*) Les dimensions des tonneaux étant entr'elles dans le
rapport de 9, 10, 14, le petit diamètre d'un tonneau qui ne
contient qu'un décalitre, est de 0 mètre 1542, le grand de
0 mètre 1714, et sa longueur de 0 mètres 24 à très peu
près.

~~~

TROISIÈME PARTIE.

De la Trigonométrie rectiligne.

DIX-SEPTIÈME LEÇON.

Des Principes.

62. Les deux triangles *abc* et ABC (*Fig.* 97) étant supposés semblables, donneront les proportions suivantes : (19) *ab* : *bc* : : AB : BC ; *ab* : *ac* : : AB : AC ; *ac* : *ab* : : AC : AB, etc. ; dans lesquelles on trouve que

$$BC = \frac{bc \times AB}{ab} \qquad AC = \frac{ac \times AB}{ab} \qquad AB = \frac{ab \times AC}{ac}$$

D'où l'on peut conclure que si on connaissait toujours les côtés du petit triangle *abc* semblable à un autre ABC, dont on connaîtrait un côté, n'importe lequel, on connaîtrait sans peine les deux autres. Les géomètres, convaincus de cette vérité, firent le calcul de la longueur des côtés d'une suite de triangles dont les angles ont toutes les valeurs possibles, persuadés qu'il y en aurait nécessairement un semblable à celui que l'on aurait à déterminer.

Leurs calculs étant finis, ils en dressèrent des tables,

et, par ce moyen, la résolution des triangles fut réduite à une simple proportion numérique qui dépend
de la connaissance de trois choses ; savoir : deux angles et un côté ; c'est pour cette raison que l'on a dé-
fini la *trigonométrie*, *l'art de déterminer les diverses
parties d'un triangle par celles que l'on connaît.*

63. C'est en décrivant un quart de cercle (*Fig.* 98)
et en abaissant de chaque point de la circonférence
des perpendiculaires MP sur le rayon AC, que l'on a
déterminé tous les côtés d'une suite de triangles rectangles faits sur tous les angles possibles. Il est facile
de voir que tous les triangles mPC et m'P'C, formés
de cette manière, ont toutes les valeurs possibles, et
qu'il ne peut exister de triangles rectangles qui ne
soient équiangles avec un de ces derniers.

64. L'hypothénuse ou le rayon Cm ne varie point,
mais CP diminue et Pm croît à mesure que l'arc Am
augmente, et c'est de cette dépendance qu'ils tirent
leur nom.

Le côté mP s'appelle *sinus* de l'angle C ou de l'arc
Am qui mesure cet angle ; on appelle *cosinus*, le sinus de l'angle du complément ; par conséquent, CP
est le cosinus de l'angle mCP ; car CP $= m$Q $=$ le
sinus de son complément m''Cm $=$ CmP. Le rayon Cm
est le sinus de l'angle droit CPm ; la ligne AN perpendiculaire à l'extrémité du rayon CA, s'appelle *tangente* de l'angle mCA ; le rayon Cm, prolongé jusqu'en N, en est la *sécante* ; mT, tangente de son
complément m''Cm, s'appelle *cotangente* de mCA, et

sa sécante CT, s'appelle *cosécante* de ce même angle *m*CA.

65. Il est inutile d'observer que les tangentes et les sécantes forment une suite de triangles semblables à ceux formés par les sinus et cosinus ; leur valeur est même calculée pour tous les angles possibles, et se trouve dans les tables.

66. Maintenant si on prolonge les côtés *m*C et *m*P du petit (*Fig.* 99) triangle *m*CP jusqu'à la rencontre de la circonférence, et que l'on joigne les points d'intersection par la corde QN, on aura un nouveau triangle inscrit, semblable au premier ; au moyen duquel on reconnaîtra sans peine que les sinus des angles sont les moitiés des côtés qui leur sont opposés, car les angles de ce nouveau triangle *m*NQ étant évidemment égaux aux angles *m*, C et P du petit triangle, *m*CP ont nécessairement mêmes sinus ; or, les sinus des angles *m*, C et P sont les côtés GP, P*m* et *m*C, égaux chacun à la moitié d'un côté du triangle *m*NQ dont ils font partie ; donc, etc. Il en est de même des triangles obtusangles, leurs sinus sont également les moitiés des côtés qui leur sont opposés ; mais observez que ces derniers ont mêmes sinus que l'angle du supplément. On s'en convaincra, en observant (*Fig.* 100) que l'angle obtus C et l'angle aigu D qui en est le supplément (puisque ces deux angles étant appuyés sur la circonférence entière, ont pour mesure une demi-circonférence), ont nécessairement pour sinus la moitié de AB qui leur est opposé.

On voit qu'il a suffi de calculer les sinus, cosinus, tangentes, etc., de tous les angles jusqu'à 90°, pour avoir le sinus, cosinus, etc., de tous les angles possibles. Quand les géomètres eurent fini leurs calculs, ils en dressèrent des tables ; les plus estimées sont celles de Callet pour l'ancienne division du cercle, et celles de Borda et de Hobert pour la nouvelle. Je ne rapporterai point les formules algébriques, ni les calculs qu'elles ont exigés ; ces détails s'y trouvent ordinairement joints, ainsi que la manière d'en faire usage. Mon but d'ailleurs n'est point de faire un compositeur ; il en est de ces tables comme des outils, on peut savoir fort bien s'en servir sans connaître la manière de les faire ; j'ai même connu des personnes qui se tiraient très adroitement d'affaire dans la pratique ordinaire de la trigonométrie sans aucune idée des principes sur lesquels cette science est fondée.

67. Pour mettre notre lecteur un peu au fait, nous allons en faire quelques applications.

DIX-HUITIÈME LEÇON.

Application des Principes.

I. *Résoudre le triangle* ABC (*Fig.* 101) *rectangle en* B, *dont on connaît tous les angles et un côté* AB.

Solution. Prenant AC pour rayon, on fera cette proportion.

$$\text{Sin. C} : \text{sin. A} :: \text{AB} : \text{BC} = \frac{\text{Sin. A} \times \text{AB}}{\text{Sin. C}}$$

On peut connaître aussi facilement le côté AC , en faisant une autre proportion semblable à cette dernière.

$$\text{Sin. } C : \sin. B :: AB : AC = \frac{\text{Sin. } B \times AB}{\text{Sin. } C.}$$

Supposons , par exemple , que l'angle A soit de 35° 40′ , et le côté BC de 336 mètres ; on trouvera dans les tables que le sinus de cet angle est 5830687 , et que le sinus de l'angle droit ou le rayon est 10,000,000. En substituant ces valeurs dans la proportion précédente ; elle deviendra

$$5830687 : 10,000,000 :: 336 : x,$$

ce qui donne pour x ou l'hypothénuse AC , 576 m. 26 centimètres , un peu plus.

Si on avait pris le côté AB pour rayon , au lieu de l'hypothénuse AC , le côté BC aurait été tangente de l'angle A , et AC la sécante ; ce qui aurait donné les proportions suivantes :

$$R : \text{tang. } A :: AB : BC = \frac{\text{tang. } A \times AB}{R}$$

$$R : \text{Sec. } A :: AB : AC = \frac{\text{Sec. } A \times AB}{R}$$

Dont la première fait connaître BC et la seconde AC ; mais il est beaucoup plus simple de ne faire usage que des sinus et cosinus.

II. *Résoudre le triangle ABC (Fig. 102) dont on connaît les angles et un côté AC.*

On déterminera d'abord le côté AB, en faisant cette proportion :

$$\text{Sin. B : sin. C :: AC : AB} = \frac{\text{Sin.C} \times \text{AC}}{\text{Sin. B}}$$

Puis le côté BC par la suivante :

$$\text{Sin. C : sin. A :: AB : BC} = \frac{\text{Sin.A} \times \text{AB}}{\text{Sin. C}}$$

Remarque. Au lieu de mettre les deux sinus aux deux premiers termes des proportions, on pourrait, sans rien changer aux résultats, mettre un sinus au premier terme, et au second, le côté connu qui lui est opposé ; au troisième, le sinus de l'angle opposé au côté que l'on cherche, et au quatrième, le côté inconnu opposé à l'angle dont le terme précédent est le sinus.

III. *Faisons usage de la trigonométrie pour mesurer la hauteur perpendiculaire AB d'une tour (Fig. 103) accessible par le pied.*

Je prends le point de station D d'où je vise les points A et B pour mesurer l'angle ADB ; je mesure aussi le côté DB ; l'angle ABD étant droit, je connais, par conséquent, trois angles et un côté dans ce triangle, et faisant la proportion, sin. A : DB :: sinus D : AB, j'aurai donc la hauteur de la tour.

Si le pied B était supposé inaccessible, on prendrait un second point de station C, et on mesurerait la distance CD, puis les angles ACD, ADC, et on déterminerait le côté AD en faisant ces proportions :

$$\text{Sin. A} : \text{CD} :: \text{sin. C} : \text{AD} = \frac{\text{CD} \times \text{sin. C}}{\text{Sin A}}$$

L'angle B étant droit, on connaîtra l'angle A en mesurant l'angle D avec le graphomètre, et on déterminera le côté AD en faisant cette nouvelle proportion :

$$\text{Sin. B} : \text{AD} :: \text{sin. D} : \text{AB} = \frac{\text{AD} \times \text{sin. D}}{\text{sin. B}}$$

IV. *Proposons-nous maintenant de lever le plan d'un ou de plusieurs pays, ou d'en faire la carte.*

Observation. 1°. Le plan ou la carte d'un pays doit le représenter comme s'il était parfaitement plat, telle que serait la surface d'une pièce d'eau qui le couvrirait sans aucun égard aux vallées et aux montagnes que l'on ne doit distinguer que par la couleur ; ce n'est donc qu'en prenant des points d'observation parfaitement de niveau et en mesurant leurs distances de l'une à l'autre sur une corde bien tendue et parallèle à l'horizon, que l'on peut réussir à faire cette opération avec exactitude. Il faut dire la même chose des points de vue, mais *un à-peu-près* peut suffire, surtout si la pente du pays est régulière et uniforme, jusqu'aux divers points qui pourraient se trouver plus ou moins élevés.

2°. Soit MN (*Fig.* 104) la base du plan. Après en

avoir mesuré la longueur le plus exactement possible, posez le graphomètre au point d'observation M, et visant successivement les points de vue A, B, C et D, mesurez les angles NMD, NMC, NMB, NMA, et ensuite transportez le graphomètre à l'autre point d'observation N, et visant de nouveau les mêmes points de vue A, B, C et D, mesurez encore tous les angles MND., MNC, etc., et vous aurez dès triangles dans chacun desquels vous connaîtrez trois angles et un côté MN; la trigonométrie faisant connaître les autres, vous aurez, par conséquent, la position de tous les points de vue. La même opération faite sur le côté opposé, donnera également les points de vue K, H, G et F, ce qui suffit.

La figure 105 représente le plan d'un terroir levé de la manière ci-dessus, dont on a mesuré séparément toutes les pièces après l'avoir divisé par cantons. La ligne noire, qui passe par le clocher de l'endroit, est la méridienne du lieu, les autres lignes pointillées indiquent les longitudes de secondes en secondes; et celles qui leur sont, pour ainsi dire, perpendiculaires, indiquent la latitude; un plan fait de cette manière offrirait un très grand avantage pour une commune; chaque famille pouvant toujours y retrouver le plan de ses propriétés, n'aurait aucune anticipation à craindre de la part de ses voisins.

QUESTIONS DIVERSES.

I. *Mesurer la largeur d'une rivière par le moyen d'une canne (Fig. 106).*

Avec votre canne AD mesurez la hauteur du bord, puis reculez dans une direction perpendiculaire à la largeur de la rivière, jusqu'à ce qu'ayant planté votre canne, vous aperceviez à peine l'eau au bord opposé par le rayon visuel AC qui part de l'extrémité du bâton et passe par le point où vous avez mesuré la hauteur d'un bord ; la distance C , au pied de la canne D , sera la largeur de la rivière.

II. *Trouver, par le moyen d'un couteau, un point C dont la distance au pied d'un arbre soit égale à la hauteur de cet arbre (Fig. 107).*

Ouvrez votre couteau , de manière que la lame et le manche forment un angle droit , ensuite tenez-le la lame directement élevée vers le ciel ; cherchez un point d'où , visant l'extrémité de l'arbre , le rayon visuel rase le bout de la lame et du manche. Faites deux pas en arrière , et vous aurez sous les pieds le point demandé.

III. *Trouver le même point C par le moyen d'un vase plein d'eau.*

Placez-vous de manière qu'apercevant dans l'eau

(115)

l'extrémité de l'arbre, vous ayez les pieds à égale distance du vase et des yeux ; le vase couvrira le point demandé.

Remarque. On pourrait se servir d'un miroir au lieu d'un vase plein d'eau. Ceux qui auront quelques notions d'optique et de physique jointes à la connaissance de ce qui précède, reconnaîtront sans peine sur quoi est fondée la solution de ce petit problême.

IV. *Trouver l'équarrissage d'un arbre de 44 décimètres de circonférence.*

Soit ABCD (*Fig.* 23) la circonférence de cet arbre ; si l'on inscrit un carré ABCD, le diamètre AC = 14 décim. sera l'hypothénuse d'un triangle rectangle ABC ; or, on sait (nº. 15) que le carré de l'hypothénuse est égal aux carrés faits sur les deux autres côtés ; par conséquent, si on prend la moitié du carré du diamètre ou de 196, on aura 98 pour le carré de AB ou BC dont la racine = 99 centimètres exprime la dimension que l'on cherche.

V. *Connaissant l'équarrissage d'une pièce de bois; trouver quelle était sa circonférence avant d'être équarrie.*

On voit que cette question est l'inverse de la précédente ; supposons donc que son équarrissage soit de 99 centim., un peu plus ; le double du carré égale 196 décim.; ce qui fait, en en extrayant la racine, 14 décim. pour la longueur du diamètre, et 44, par conséquent, pour la circonférence.

8..

VI. *Trouver le volume d'un cailloux brut.*

Prenez un vase de forme régulière que vous emplirez d'eau ; plongez ensuite le caillou dedans avec douceur ; évaluez la quantité d'eau qui en sera sortie, vous aurez exactement le volume du caillou.

VII. *Trouver combien il passe d'eau sous le Pont-Neuf à Paris, chaque année.*

Mesurez la largeur et la profondeur de la rivière ; puis ayant jeté sur l'eau quelque objet qui surnage, mesurez l'espace qu'il parcourt pendant une minute ; multipliez ces trois dimensions l'une par l'autre ; le produit exprimera ce qu'il en passe pendant une minute ; ensuite multipliez encore cette quantité par 60 minutes, puis par 24 heures, et enfin par le nombre de jours que vaut une année, le dernier résultat sera la réponse.

VIII. *Trouver le moyen de réduire le toisé à une simple multiplication.*

Rien n'est plus facile ; divisez la toise en dixièmes, en centièmes, au lieu de la diviser en pieds, pouces et lignes, et le toisé se trouvera réduit à une simple multiplication. Pour faire usage de la toise, ainsi divisée,

IX. *Cherchons combien contient de toises carrées un pavé de 6 toises 63 centièmes d'une dimension, et 4 toises 44 centièmes d'une autre.*

OPÉRATION.

$$
\begin{array}{r}
6t.\ 63c.\\
\times\ 4\ 44\\
\hline
2652\\
2652\\
2652\\
\hline
=\ 29,4372
\end{array}
$$

On multiplie d'abord les dimensions l'une par l'autre, puis on retranche au produit quatre chiffres décimaux autant qu'il s'en trouve dans les deux facteurs, et l'on a, en augmentant les deux premiers d'une unité, pour négliger 72, 29 toises carrées, 44 centièmes.

X. *Trouver encore combien de toises cubes contient une terrasse de* 10 *toises* 25 *centièmes de long,* 4 *toises* 75 *centièmes de large et* 3 *toises* 14 *centièmes de profondeur.*

OPÉRATION.

$$
\begin{array}{r}
10t.\ 25c.\\
\times\ 4\ 75\\
\hline
5125\\
7175\\
4100\\
\hline
\text{Base} = 486875\\
\times\ \text{prof.} = \quad 314\\
\hline
1947500\\
486875\\
1460625\\
\hline
=\ 152,878750
\end{array}
$$

On voit que toute la difficulté consiste à savoir combien on doit retrancher de chiffres décimaux, mais on reconnaîtra que rien n'est plus facile si l'on observe que les chiffres décimaux retranchés sont toujours en même nombre que ceux qui se trouvent dans les trois facteurs. Dans le résultat ci-dessus, par exemple, il faut en retrancher six, et on trouve 152 toises cubes, 88 centièmes un peu moins.

XI. *Trouver le moyen de réduire aussi le solivage à une simple multiplication.*

Soit AB (*Fig.* 108) une petite règle divisée en dixièmes et en centièmes, dont la longueur (*) soit telle qu'un cube ou une pièce de bois qui a ses dimensions égales à cette petite règle, vaille une solive. Avec cette règle, ainsi divisée, que l'on peut appeler *solive linéaire*, mesurez les dimensions des pièces de bois que vous voulez soliver ; puis procédez dans vos opérations selon les principes indiqués pour l'évaluation des volumes ; comptez les chiffres décimaux qui se trouvent dans les facteurs, et retranchez-en par une virgule un nombre égal dans le résultat ; les chiffres à gauche de la virgule vous indiqueront combien il y a de solives, et ceux à droite seront une fraction de la solive ; et le solivage sera réduit en une simple multiplication comme dans le nouveau système. Pour faire usage d'une mesure si commode,

---

(*) Cette longueur est de 468 millimètres et demi, ou 1 pied 5 pouces 3 lignes 8 points, à très peu près.

XII. *Soit une pièce de bois de 26 solives linéaires* *28 centièmes de long sur 52 centièmes d'équar-* *rissage.*

OPÉRATION.

$$
\begin{array}{r}
0,52 \text{ centièmes.} \\
\times \quad 0,52 \\
\hline
104 \\
260 \\
\hline
\end{array}
$$

$$
\begin{array}{r}
\text{Base} = 2704 \\
\times \text{longueur} = 2628 \\
\hline
21632 \\
5408 \\
16224 \\
5408 \\
\hline
7,106112 \\
\end{array}
$$

Cette pièce de bois étant un prisme, on multiplie 52 par 52 pour avoir la valeur de la base, puis on multiplie la base par la longueur = 26,28, et retranchant du produit les six chiffres décimaux qui se trouvent dans les facteurs, on a pour le volume 7 solives 106 millièmes de solive un peu plus.

QUATRIÈME PARTIE.

DE LA GNOMONIQUE.

1º. *Connaissance de la Sphère.*

La connaissance de la sphère est d'un grand secours pour l'intelligence de cette partie ; mais comme les détails de cette science seraient longs, et qu'ils se trouvent dans presque tous les traités de géographie, je ne parlerai dans le Précis que je vais en donner, que des parties dont la connaissance est absolument nécessaire ; ces diverses parties sont : l'axe, les pôles, l'équateur, les cercles de latitude, les tropiques, les méridiens, l'écliptique, le zodiaque, l'horizon, les points des équinoxes, les points cardinaux ou de compas.

L'*axe* est une ligne imaginaire qui passe par le centre de la terre sur laquelle elle est supposée tourner une fois en 24 heures. Vous en aurez une idée parfaite, en faisant passer par le centre d'une boule (*Fig.* 1ʳᵉ.), une aiguille d'une extrémité à l'autre ; cette boule vous représentera la terre ; l'aiguille vous

en représentera l'axe, la tête et la pointe de cette aiguille PA vous représenteront aussi les pôles du
monde, dont l'un s'appelle *pôle arctique*, et l'autre
pôle antarctique ou *méridional*.

Il est évident qu'il y a nécessairement deux points
opposés dans le ciel qui correspondent aux extrémités de l'axe, une étoile avoisine l'un de ces points,
qui répond au pôle septentrional, et, pour cette raison, elle est appelée *étoile polaire*; elle est connue
presque de tout le monde. On s'en sert beaucoup en
gnomonique pour trouver midi et placer les cadrans.

Le cercle EQ, décrit par le point du globe qui se
trouve à égale distance des deux pôles, est *l'équateur*; on le divise en 24 parties égales, dont chacune
est de 15° et répond à une heure de temps. Tous les
autres points de sa surface décrivent également de chaque côté de l'équateur des cercles inégaux MM, NN,
qui lui sont parallèles. Ces cercles sont représentés
par des lignes courbes tirées sur les cartes géographi-
ques, d'Orient en Occident, et servent à indiquer la
distance d'un lieu à l'équateur. Cette distance se nomme *latitude*; les degrés de latitude se comptent de
l'équateur aux pôles; la plus grande latitude possible
est de 90°.

Les tropiques sont aussi deux cercles XX et X'X'
parallèles à l'équateur dont ils sont éloignés de 23°
3o'; celui qui est au nord se nomme *tropique du Cancer*, et celui qui est au midi *tropique du Capricorne*;
ils répondent l'un et l'autre aux points S et S', où le

soleil se trouve lorsqu'il est à son plus grand éloigne-
ment de l'équateur.

Les méridiens sont des cercles dont les circonférences passent par les deux pôles où elles s'entrecou-
pent ; elles coupent aussi l'équateur en angles droits.
On les appelle ainsi, parce qu'il est midi en même
temps pour tous ceux qui habitent sous la même ligne. Elles sont représentées sur les cartes géographi-
ques par des courbes tirées d'un pôle à l'autre.

L'Écliptique, d'où le soleil ne s'écarte jamais dans
son mouvement annuel, est un grand cercle ESQS
qui coupe obliquement l'équateur. Les deux points S
et S' où il touche les tropiques, sont les points *solsti-
ciaux*. Il y a deux *solstices*, le solstice d'été et le solstice d'hiver (*). Le soleil arrive au premier vers le 21
juin, et au dernier vers le 22 décembre.

Le Zodiaque est une grande bande circulaire ESQS
large de 16 degrés, qui coupe aussi l'équateur en
deux points opposés E et Q, et au milieu de laquelle
se trouve l'écliptique. Elle se divise en douze parties égales de 30° chacune. Ces parties se nomment
signes du zodiaque, et sont divisées par l'équateur en
septentrionaux et en méridionaux. Les septentrionaux
sont : le Bélier, le Taureau, les Gémeaux, l'Écrevisse,

_____

(*) Solstice vient de ces deux mots latins : *statio solis*
(station du soleil), parce que le soleil étant parvenu à ces
deux points semble s'arrêter, et n'approche sensiblement de
l'équateur qu'au bout de quelques jours.

le Lion et la Vierge; les méridionaux sont: la Balance, le Scorpion, le Sagittaire, le Capricorne, le Verseau et les Poissons (*).

Le soleil se trouve successivement placé sous ces douze signes dans l'espace d'un an. Il entre dans le signe du Bélier le 22 mars, puis dans les autres de mois en mois.

L'Horizon est ce cercle AEPQ que vous voyez dans un jour serein, et à l'extrémité duquel le ciel et la terre ou l'eau semblent se toucher. L'horizon montre le lever et le coucher du soleil, de la lune et des étoiles, que l'on dit s'élever quand ils commencent à paraître au-dessus de l'horizon, et se coucher quand ils descendent au-dessous et cessent d'être visibles.

Aucun peuple n'a le même horizon. Ceux qui habitent sous l'équateur ne voyent jamais les pôles; leur horizon rase ces deux points et coupe l'équateur; mais à mesure que l'on avance vers un pôle, la circonférence horizontale s'abaisse de ce côté, et le pôle paraît s'élever au-dessus de l'horizon; son élévation pour un lieu quelconque est toujours égale à la latitude de ce même lieu. La latitude de Paris, par exemple, étant de 49°, l'élévation du pôle sur l'horizon de cette capitale sera aussi de 49°. Ce qu'il faut ajouter à l'élévation du pôle pour qu'elle soit de 90°, s'ap-

---

(*) Pour aider la mémoire, on a mis les noms des signes dans deux vers techniques latins que voici ;

Sunt Aries, Taurus, Gemini, Cancer, Leo, Virgo,
Libraque, Scorpius, Arcitenens, Caper, Amphora, Pisces.

pelle *complément de l'élévation du pôle.* Par conséquent, le complément de l'élévation du pôle sur l'horizon de Paris, est de 41°.

Les points des équinoxes sont les deux points E et
Q, où l'écliptique coupe l'équateur ; le soleil s'y lève et
s'y couche au commencement du printemps et de
l'automne; alors les jours et les nuits sont égaux par
toute la terre, et c'est pour cette raison qu'ils sont
appelés ainsi.

Les points cardinaux ou de compas, sont le Nord,
le Midi, l'Orient et l'Occident. Quelque part que l'on
soit, on peut facilement reconnaître ces points, car
le soleil à midi étant toujours à sa plus grande hauteur, si vous lui tournez le dos, vous aurez le visage
vers le Nord, l'Orient sera à votre droite et l'Occident
à votre gauche.

2°. *Moyens pour trouver midi avec la plus grande*
exactitude.

Ceux qui connaissent l'étoile polaire l'observeront
à deux momens différens de douze heures d'intervalle.
A la première observation, ils planteront deux jalons
BD (*Fig.* 2) en ligne directe de l'étoile ; à la seconde,
ils en planteront un troisième C encore en ligne directe du premier B et de la même étoile; cela fait, ils
prendront un point A à égale distance des deux jalons
D et C, et lorsque l'ombre du jalon B coïncidera avec
le point A, il sera midi.

Remarque. L'étoile polaire n'est point la seule qui puisse servir à trouver midi; on peut en choisir une autre, pourvu que ce soit la même qu'on observe aux heures différentes.

Ceux qui ne connaissent point l'étoile polaire, décriront sur un plan horizontal un ou plusieurs cercles concentriques (*Fig.* 3), au centre desquels ils planteront perpendiculairement un style AB; ils observeront ensuite les points M et M', où l'extrémité de l'ombre entrera dans les cercles, et les points N et N', où elle en sortira. Ils joindront ensuite les points deux à deux par des cordes; et la ligne ALL', menée du centre aux milieux L et L' de ces cordes, sera la méridienne qui fera connaître midi lorsque l'ombre du style la couvrira.

3º. *Des Instrumens.*

Si l'on n'était point dans la nécessité de former des angles de différentes grandeurs, la règle et le compas suffiraient; mais comme on se trouve à chaque instant dans cette nécessité, on a besoin d'un autre instrument appelé compas de proportion. Il est facile de se le procurer et d'en faire usage. Ceux qui ne voudront point faire la dépense de l'acheter, pourront y suppléer en portant sur une règle AB de bois ou de métal (*Fig.* 4) toutes les cordes d'un quart de circonférence, divisé en ses degrés le plus exactement possi-

(126)

ble, depuis 1º jusqu'à 90º (*). Chacun peut faire cette division soi-même, ayant devant les yeux la figure qui la représente.

Il n'est pas bien difficile d'en faire usage. Je suppose, par exemple, que l'on veuille faire sur la ligne AB (*Fig.* 5) un angle de 50º, on prendra AC égal à la corde de 60º, et après avoir décrit l'arc indéfini CH, on portera sur cet arc la corde de 50º prise sur la règle; menant ensuite AH, l'angle HAB sera de 50º. Il en serait de même de tous les angles que l'on voudrait former; il suffit de décrire un arc indéfini avec une ouverture de compas égale à la corde de 60º; chercher ensuite sur la règle la corde qui répond à l'angle que l'on veut former, la porter sur cet arc, et joindre les deux extrémités à son centre par deux lignes; ces lignes formeront toujours par leur intersection, l'angle demandé.

(*) REMARQUE. Les cordes d'un arc de 10 ou 20 ou 30 degrés suffisent aussi pour former tous les angles possibles; supposons, par exemple, qu'on n'ait que les cordes d'un arc de 20 degrés, et qu'on veuille former un angle de 25º, on portera d'abord sur l'arc indéfini, celle de 20º, puis celle de 5º, et les deux rayons qui intercepteront l'arc sur lequel seront appuyées les deux cordes, formeront un angle de 25º.

4°. *Signification de quelques termes propres à cette science.*

Horizontale. C'est la première ligne que l'on trace dans tous les cadrans. Elle se nomme ainsi, parce qu'elle se trouve toujours parallèle à l'horizon.

Méridienne. La méridienne est la ligne qui marque douze heures ; elle est presque toujours perpendiculaire à l'horizontale.

Style, Axe, Gnomon. Il faut entendre en gnomonique une plaque de métal d'une forme triangulaire, ou un fil de fer dont la coïncidence de l'ombre avec les lignes horaires, sert à indiquer l'heure.

Soustylaire. C'est la ligne sur laquelle se trouve le style ou l'axe ; elle est toujours confondue avec la méridienne dans les cadrans horizontaux et dans les cadrans verticaux qui ne déclinent point.

Rayon équinoxial. C'est une ligne perpendiculaire à l'axe qui coupe toujours la soustylaire en un point quelconque X.

Équinoxiale. L'équinoxiale représente la trace du rayon équinoxial sur le plan du cadran ; elle est toujours perpendiculaire à la soustylaire au point X, où elle est coupée par le rayon équinoxial.

Cercle diviseur. Ce cercle se décrit avec une ouverture de compas égale au rayon équinoxial ; on le divise en 24 parties égales. Son usage est de déterminer sur l'équinoxiale, au moyen des rayons prolongés, les points où les lignes horaires doivent la couper.

DE LA GNOMONIQUE.

La Gnomonique est l'art de tracer les cadrans solaires. Il y en a de plusieurs sortes ; les plus simples
et les plus faciles à tracer sont les cadrans équatoriaux
et les cadrans polaires ; mais les principaux sont les
cadrans horizontaux, les cadrans verticaux et les cadrans cylindriques. Ces derniers sont variés, pour
ainsi dire à l'infini ; cependant la manière de les tracer est toujours la même. La seule difficulté que l'on
pourrait rencontrer, serait de prendre la déclinaison
des plans verticaux ; mais je crois l'avoir beaucoup
aplanie par l'invention d'un instrument que je ferai
connaître en son lieu. L'usage en est si commode et
si simple, que ce qui faisait une difficulté est devenu,
j'ose dire, un amusement.

CHAPITRE PREMIER.

Du Cadran équatorial (Fig. 6).

Le cadran équatorial n'est autre chose qu'une circonférence de cercle divisée en 24 parties égales, au
centre de laquelle on implante perpendiculairement
un style CB.

Pour que ce cadran puisse marquer l'heure, il faut
le placer de manière que son style se trouve parallèle
à l'axe du globe terrestre, et que, prolongé en idée,

il passe, pour ainsi dire, par les pôles. Il est évident que ce cadran ainsi placé présente tous les points de sa circonférence au disque du soleil, dans l'espace de 24 heures. Or, le soleil se trouvant toujours à midi à son plus haut point d'élévation, l'ombre du style marquera nécessairement 12 heures au point opposé, puis les autres heures de 15° en 15°.

Ce cadran ne pouvant, à cause de cette position, recevoir sur son plan les rayons du soleil que pendant la moitié de l'année, se trace ordinairement double. Celui qui se trouve sur le plan supérieur marque pendant les six mois d'été, d'une équinoxe à l'autre : et celui qui se trouve sur le plan inférieur marque pendant les autres six mois. Il n'y a que les 22 mars et 22 septembre qu'ils marquent tous deux en même temps, parce qu'à cette époque le soleil se trouvant sur l'équateur, les éclaire faiblement l'un et l'autre.

CHAPITRE II.

Du Cadran polaire (Fig. 7).

Ce cadran se trace à-peu-près avec la même facilité que le précédent ; on commence par former le cadre des heures en traçant un double parallélogramme rectangle ABCD ; puis ayant levé à un point quelconque M une perpendiculaire MO, on décrit avec une ouverture de compas prise à volonté, une demi-circonférence que l'on divise en vingt-quatre parties égales, en commençant au point M ; ensuite

9

 on mène par les points de division des rayons que l'on prolonge jusqu'à la ligne AB qui est l'équinoxiale, et les parallèles à MO, menées par chaque point d'intersection, sont les lignes horaires. L'entrée de l'ombre d'une pointe de fer ou d'une petite plaque de métal CN, d'une hauteur égale au rayon MO, placée perpendiculairement sur la méridienne, indique l'heure.

La position de ce cadran doit être telle que les rayons solaires tombent perpendiculairement sur son plan à midi au temps des équinoxes, et que son plan prolongé en imagination, passe par les deux pôles.

Cette position n'est cependant point la seule qui lui convienne ; on peut encore l'incliner au levant ou au couchant, pourvu qu'à l'époque indiquée ci-dessus, il reçoive également les rayons solaires à-plomb sur son plan, à un moment quelconque du jour. Alors la soustylaire ne doit plus marquer midi, mais une autre heure; cette heure est toujours celle qu'il est lorsque le soleil se trouve sur le méridien qui passe au-dessus de l'axe. Ce cadran reçoit des noms relativement à sa position. On l'appelle *Cadran oriental* (*Fig.* 8) lorsqu'il est incliné au levant, et *Cadran occidental* lorsqu'il est incliné au couchant.

CHAPITRE III.

Des Cadrans horizontaux (Fig. 9).

Après vous être assuré si le plan est bien régulier, en appliquant dessus en divers sens une règle parfaitement droite, menez l'horizontale AB; à un point quelconque C, levez la perpendiculaire CO, cette perpendiculaire sera la méridienne et la soustylaire. Faites l'angle OCM égal à l'élévation du pôle, au point D pris à volonté sur CM, levez encore la perpendiculaire DX, et après avoir mené par le point d'intersection X l'équinoxiale EQ perpendiculaire sur la soustylaire CO, décrivez du point O pris pour centre, et avec une ouverture de compas égale au rayon équinoxial DX, une demi-circonférence LXL appuyée sur un diamètre parallèle à l'équinoxiale, que vous diviserez en six parties égales de 15° chacune en cette sorte : prenez X4 = Xo et L2 = Xo, l'arc LX se trouvera d'abord divisé en trois parties égales, et en divisant chacune d'elles en deux autres, ce quart de cercle se trouvera divisé en six; cela fait, menez par les divers points de division les sécantes o1, o2, o3, o4, o5, qui coupent l'équinoxiale EQ, et après avoir formé le cadre des heures ABCD, tirez du centre C du cadran, et par les points d'intersection 1, 2, 3, 4 et 5, les lignes C1, C2, etc., aboutissant au cadre, ces lignes seront les lignes horaires tracées d'heure en heure. A l'extrémité de ces lignes écrivez les numéros comme on le voit dans la figure, et le cadran sera tracé. Pour avoir les lignes horaires des demi-heures, divisez en deux parties égales les petits arcs de 15°, qu'on a marqués sur le cercle diviseur; puis menez par ces nouveaux points de division diverses sécantes dont l'intersection avec l'équinoxiale donnera exactement ceux par où doivent passer les lignes des demi-

9.

heures, en subdivisant encore on trouverait les lignes des quarts-d'heure.

L'axe ou le style de ce cadran est ordinairement une plaque de métal fort mince, d'une forme triangulaire, que l'on place perpendiculairement sur la soustylaire ; mais il vaut beaucoup mieux tracer le cadran avec un double centre C′ et C (*Fig.* 10), et faire l'aiguille d'une certaine largeur, afin que l'on puisse la fixer solidement avec une ou deux vis.

Midi étant l'heure où les cadrans marquent avec le plus d'exactitude, on doit choisir ce moment pour les placer ; on trace à ce dessein une méridienne en procédant comme il est dit dans l'introduction, pour éviter de prendre midi sur une pendule, à moins que l'on en ait une de la régularité de laquelle on soit sûr.

Quelque bien tracé que soit un cadran, il ne faut pas s'attendre cependant qu'il marquera toutes les heures avec exactitude ; la réfraction des rayons solaires en entrant dans l'atmosphère le fait plus ou moins avancer, selon que le soleil est plus ou moins élevé sur l'horizon ; il est vrai que cette erreur n'est point sensible pour les heures qui approchent midi, où elle n'est que de quelques secondes ; mais il n'en est pas de même pour les heures un peu éloignées. Cette erreur étant de quelques minutes peut être remarquée, et tous les cadrans sont sujets à ce défaut.

CHAPITRE IV.

Des Cadrans verticaux.

On appelle cadrans verticaux ceux que l'on trace sur des plans perpendiculaires à l'horizon ; telles sont les surfaces des murailles.

Lorsque les cadrans verticaux ne déclinent point, la méthode de les tracer diffère très peu de celle que nous venons d'indiquer pour les cadrans horizontaux ; ce qui pourrait embarrasser serait de prendre l'élévation du pôle sur le plan vertical ; mais avec un peu de réflexion on ne tarde point à reconnaître qu'elle est toujours égale au complément de la latitude du lieu ; en effet, si l'on représente l'horizon par la ligne AB (*Fig.* 11) et le plan vertical par la perpendiculaire AC, l'angle ABC sera l'angle de l'élévation du pôle sur l'horizon, et l'angle ACB sera aussi l'angle de l'élévation du pôle sur le plan vertical ; or, l'angle en A étant droit, l'angle C est nécessairement le complément de l'angle B, donc l'angle de l'élévation du pôle sur un plan vertical méridional, est égal au complément de l'élévation du pôle, et par conséquent au complément de la latitude.

La valeur de l'angle étant connue, on commencera par tracer l'horizontale AB (*Fig.* 12) ; en un point quelconque C, on mènera une verticale CO ; au centre C, on fera un angle OCM, égal au complément de la latitude du lieu ; au point D, pris à volonté sur CM, on lèvera une perpendiculaire DX, qui coupera la méridienne CO au point X ; on mènera ensuite EQ

perpendiculaire à CO au point X; et avec une ouverture de compas égale à DX, on décrira une demi-
circonférence que l'on divisera en arcs de 15°.; en
commençant au point X; par les points de division et
le centre O, on mènera des rayons que l'on prolonge-
ra jusqu'à l'équinoxiale, et leur intersection avec cette
ligne déterminera la position des lignes des heures.
Une nouvelle subdivision des arcs de 15°, et des autres rayons prolongés, déterminera de même les lignes
des demi-heures, comme dans le cadran horizontal.

Si le plan était parfaitement exposé au Nord, le cadran se construirait encore de la même manière, avec
cette différence que l'horizontale et l'équinoxiale se
trouveraient au-dessus du centre C. Le style se dirige-
rait dans un sens contraire, et semblerait être le prolongement de celui du précédent.

Mais il n'arrive presque jamais que l'on ait un cadran vertical à tracer sur un plan qui ne décline point
ou à l'Orient, ou à l'Occident, ou au Nord; il est
donc très à propos de savoir mesurer la déclinaison
des plans, et pour cela il faut s'en faire une idée
exacte.

Supposons, en conséquence, que la circonférence
MONO (*Fig.* 13) représente l'horizon, M le Midi,
N le Nord, O l'Orient, O l'Occident; il est évident
qu'un plan sur lequel une ligne telle que AB, tracée
horizontalement, passerait par les points des équinoxes, si on la prolongeait en idée, ne décline point.
Mais si au lieu de passer par les points des équinoxes,
cette ligne passait entre le Nord et l'Orient, comme

L'L, le plan déclinerait à l'Orient, de la valeur de l'angle BCL. Si la ligne L'L venait à se confondre avec la méridienne MN, le plan déclinerait de 90° du Midi à l'Orient; il déclinerait de l'Orient au Nord si sa position était telle que le représenté la ligne RR.

On reconnaîtra par un raisonnement semblable si un plan décline du Midi à l'Occident, ou de l'Occident au Nord.

La *Fig.* 14 représente l'instrument dont il est parlé dans l'introduction. Cet instrument est fort commode pour prendre la déclinaison des plans, et voici comme il se construit :

. Sur une planche bien unie et découpée en forme de carré ou de rectangle ABCD, vous décrivez une circonférence NM, que vous divisez d'abord en quatre parties égales de 90° chacune, par le moyen de deux diamètres perpendiculaires l'un sur l'autre.

Les extrémités de ces deux diamètres répondront aux quatre points cardinaux. Vous diviserez ensuite ces quatre parties en leurs degrés, et vous placerez dans l'intérieur de cette circonférence un petit cadran horizontal tracé avec la plus grande exactitude possible, de manière que son centre C coïncide avec le centre de la circonférence LMCN. Vous adapterez ensuite un petit montant PQ perpendiculaire sur la planche, à l'extrémité duquel vous suspendrez un plomb qui servira à mettre de niveau le petit cadran horizontal, et vous aurez un instrument propre à prendre les déclinaisons.

Pour en faire usage, *mesurons la déclinaison d'un*

plan que je suppose décliner du Midi à l'Occident.
Je plante dans le mur deux fiches de fer sur lesquelles
je place horizontalement l'instrument au moyen du
plomb, de manière que le côté AB se trouve contre le
mur (*Fig.* 14); je fais ensuite marquer l'heure qu'il
est au petit cadran mobile sur son centre C, et l'angle
OCM, formé par l'intersection de la ligne NM, et la
méridienne du petit cadran est l'angle de déclinaison.
Dans cette hypothèse, par exemple, l'angle de déclinaison est OCM ou NCL = 30°; car ces angles sont
égaux entre eux.

On voit que rien n'est plus facile avec cet instrument que la mesure de la déclinaison.

Manière de tracer un cadran vertical déclinant à
l'Occident de trente degrés (Fig. 15).

La méthode pour tracer un cadran vertical déclinant est fondée sur les mêmes principes que les précédentes, mais le procédé n'est point le même.

Après avoir disposé le plan et vous être assuré s'il
est bien vertical, tirez la ligne verticale CM au moyen
d'un fil à plomb; par le point P, menez AB perpendiculaire à CM; faites l'angle MPL égal à la déclinaison du plan; au point N menez NL, parallèle à la
méridienne CM, et perpendiculaire à AB; prenez
PF = PL, faites l'angle PFC égal à l'élévation du
pôle; le point d'intersection C ou CF coupe la méridienne CM, est le centre du cadran; par les points CN
menez CO : CO sera la soustylaire, à laquelle vous

mènerez perpendiculairement NG = NL; et la ligne
menée par le centre et le point G, répond à l'axe du
cadran; au point H pris arbitrairement sur l'axe, levez
HX perpendiculairement à l'axe, que vous prolon-
gerez jusqu'à la rencontre de la soustylaire; au point
X, tirez l'équinoxiale EB; avec une ouverture de
compas égale à HX, décrivez du centre O une portion de circonférence SRS, que vous diviserez en
parties égales de 15° chacune en commençant au
point R, où elle est coupée par le rayon mené du
centre O, droit à l'intersection de la méridienne
et de l'équinoxiale; par chaque point de division,
faites passer des rayons qui, prolongés jusqu'à la
rencontre de l'équinoxiale, feront connaître les points
par où les lignes horaires doivent passer. On aurait
aussi les lignes des demi-heures de ce cadran, en divisant en deux également les arcs de 15°.

Quand le cadran est ainsi tracé, on efface toutes
les lignes qui ne sont plus utiles. Si le plan est tel qu'il
ne soit point possible de les faire disparaître, on
doit le prévoir; alors on le trace sur une table ou sur
un parquet, et on le porte ensuite sur le plan qui lui
est destiné au moyen d'une règle sur laquelle on marque les points correspondans aux lignes horaires, en
la plaçant perpendiculairement à la méridienne.

Rien ne limite la grandeur de ces cadrans; mais
lorsqu'ils déclinent beaucoup, les lignes horaires étant
presque parallèles entre elles, le centre se trouve fort
éloigné (*Fig.* 16), et ne peut être placé sur le plan
qu'en traçant le cadran d'une grande étendue. Sou-

vent il est impossible de le placer sur le plan, parce
que les lignes horaires se trouveraient trop près les
unes des autres. On dit alors que le cadran est *excen-
trique*, quoiqu'à proprement parler, il n'y ait que les
cadrans polaires qui le soient. Pour tracer ces sortes
de cadrans, on commence d'abord par placer l'axe,
ensuite on marque les heures au moyen d'une pendule ou d'un cadran horizontal placé près du plan
vertical.

S'il déclinait de 90° (ce qui arrive quand le mur est
dirigé du nord au sud), les lignes horaires seraient
parallèles entre elles, et il se tracerait comme un cadran
équatorial, puisque ce serait un véritable cadran oriental ou occidental, semblable à ceux dont il est parlé
au chapitre second.

Lorsque le plan décline de l'orient ou de l'occident
au nord, le cadran se trace à l'ordinaire; mais le
centre est placé dans un sens contraire, et se trouve
au-dessous de l'horizon, au lieu que dans les autres il se
trouve au dessus : le style alors se dirige de bas en haut.

CHAPITRE V.

Des Cadrans inclinés.

On appelle cadrans inclinés ceux que l'on trace sur
des plans qui ne sont ni horizontaux ni verticaux;
tels sont ordinairement les toits des édifices. Les plans
inclinés sont susceptibles d'une infinité de positions.

Supposons d'abord qu'un plan regarde ou le sud
ou le nord, ou l'orient ou l'occident.

1°. S'il regarde le vrai sud, mesurez son inclinaison avec un quart de cercle gradué; ôtez la déclinaison de la latitude du lieu : la différence fera connaître l'élévation du pôle sur le plan. Pour le reste, vous procéderez comme pour un cadran horizontal; car ils ne diffèrent que par l'angle de l'élévation du pôle. S'il arrivait que l'inclinaison fût plus grande que la latitude, il faudrait procéder dans la construction du cadran comme à l'égard d'un cadran vertical, faire l'angle de l'élévation du pôle d'une valeur égale à la différence de l'inclinaison avec la latitude.

2°. Lorsque le plan regarde le vrai nord, l'opération se commence à l'ordinaire; mais on ajoute l'inclinaison à la latitude, puisque le pôle se trouve plus élevé sur le plan incliné que sur le plan horizontal, de la valeur de l'inclinaison du premier.

3°. Les plans inclinés à l'orient ou à l'occident n'ont rien de particulier; les cadrans que l'on peut construire dessus ne diffèrent en rien des cadrans orientaux ou occidentaux que nous avons déjà fait connaître dans le chapitre second.

Il nous reste maintenant à examiner le cas le plus compliqué de la gnomonique, je veux dire la manière de construire des cadrans sur des plans inclinés déclinans. La méthode graphique pourrait encore suffire; mais la multitude des lignes qu'exige la construction de ces cadrans, rend presque toujours inutiles les soins que l'on se donne pour les rendre justes. On ne peut point non plus recourir au calcul trigonométrique; car l'embarras ne serait pas moins grand. Le

moyen le plus convenable, c'est de les déduire du cadran horizontal.

Prolongez le plan du cadran horizontal jusqu'à la
rencontre du plan incliné, la ligne droite formée par
l'intersection des deux plans, sera l'équinoxiale qui se
trouvera divisée en heures en prolongeant les lignes
horaires du cadran horizontal ; prolongez aussi le
style du cadran horizontal jusqu'à la rencontre du
plan, ce style marquera le centre du cadran incliné
déclinant; et de ce centre C menez des droites aux
points horaires déterminés sur l'horizontale ; substi-
tuez ensuite un style à la place du premier, de
manière qu'il se trouve parfaitement à la même place,
et le cadran sera tracé.

CHAPITRE VI.

Des Cadrans cylindriques.

On appelle ainsi ceux que l'on trace sur des surfa-
faces cylindriques; toute surface cylindrique n'est
droite que dans un sens, et il n'y a que les lignes menées par les points correspondans des deux bases qui
puissent être des lignes droites ; toutes les autres sont
nécessairement des courbes ellyptiques plus ou moins
allongées. Lorsque le cylindre est droit ou vertical,
toutes les droites tracées sur sa surface sont perpendiculaires aux bases; mais lorsqu'il est incliné, ces
mêmes droites leur sont obliques.

1°. *Déterminons d'abord la position des lignes*

horaires d'un cadran méridional (Fig. 17) *sur un cylindre vertical.*

1°. On cherchera sur la surface un point C parfaitement opposé au vrai midi, au moyen d'une méridienne horizontale. Ce point étant déterminé, on tracera une ligne verticale indéfinie CM, qui passe par le point C au moyen d'un fil à-plomb ; cette ligne sera la méridienne.

2°. La méridienne étant tracée, on plantera en un point quelconque C, une tringle de métal CA, soutenue par deux pieds, de manière qu'elle forme un angle ACM égal au complément de la latitude du lieu ; cette tringle de métal sera l'axe du cadran, et la coïncidence de son ombre avec les lignes horaires fera connaître l'heure.

3°. Le centre C du cadran sera commun à toutes les lignes horaires. Pour trouver les autres points où ces lignes doivent passer et les tracer avec une certaine précision, on placera devant le cylindre un cadran vertical, de manière que son style soit le prolongement de celui du cadran cylindrique, et dont les lignes horaires soient percées à jour.

4°. Avec un miroir plan on fera marquer successivement toutes les heures au cadran vertical ; et les rayons solaires qui passeront par les lignes percées à jour indiqueront la position des lignes horaires sur la surface cylindrique. Si on ne voulait point faire usage du miroir, on placerait dans le voisinage un cadran horizontal, et à chaque heure marquée sur ce cadran, on ferait sur la surface cylindrique, à l'endroit même de l'ombre du style CA, plusieurs points par lesquels on mènerait les lignes horaires. Ce dernier moyen pourra paraître ennuyeux parce qu'il faut être au *guet* pendant une grande partie du jour pour observer les heures ; mais on pourra se délasser en imprimant les lignes et en numérotant les heures. Il faut tenir le même procédé pour construire un cadran septentrional, mais le tout est dans un ordre renversé.

2°. *Méthode pour construire un cadran oriental ou occidental sur la surface du même cylindre* (Fig. 18).

Ce cadran se construit à-peu-près comme le cadran méridional. On cherchera d'abord sur la surface cylindrique le point qui regarde exactement l'occident. Ce point est éloigné de 90° de la méridienne du cadran méridional. Sur ce point C, pris à une hauteur convenable, on plantera perpendiculairement une tringle de métal CO, longue de quelques décimètres, par l'extrémité de laquelle on fera passer le style NOM, qu'on dirigera fidèlement vers les pôles. Comme la tringle de métal, plantée au point oriental, ne pourrait se tenir fixée assez solidement, on y ajoutera un ou deux autres soutiens. Le style étant ainsi placé, on achèvera comme il est dit pour le cadran méridional.

3°. *Méthode pour construire les mêmes cadrans sur la surface d'un cylindre incliné.*

En concevant que le cylindre droit s'incline dans un sens quelconque, tandis que les centres C et les styles demeurent parfaitement immobiles, on aura la position des axes pour les cadrans construits sur la surface d'un cylindre incliné; le reste s'achèvera encore comme dans le cylindre droit.

Tout ce que nous venons de dire du cylindre droit ou incliné, convient également au cône qui a les mêmes positions.

Ces cadrans s'emploient ordinairement à l'ornement des jardins, et pour rendre cet ornement parfait, on les surmonte du cadran sphérique, dont nous allons donner la construction.

CHAPITRE VII.

Du Cadran sphérique (Fig. 19).

On appelle ainsi celui que l'on trace sur la convexité d'une boule ou d'un globe, dont la position est telle que celle du globe terrestre.

On cherchera d'abord sur la surface du globe deux points, M et N, diamétralement opposés, à égale distance des pôles A et P; on tracera ensuite deux circonférences qui passent par ces deux points où elles s'entrecouperont en angles droits; celle qui passera par les pôles sera la méridienne ou la ligne de six heures, l'autre sera l'équinoxiale ou l'équateur.

On divisera l'équinoxiale en arcs de 15°, à partir des points d'intersection avec la méridienne; et par chaque point de division on tracera des circonférences qui iront s'entrecouper aux pôles. Ces circonférences seront les lignes horaires, que l'on numérotera conformément aux moyens que l'on voudra employer pour savoir l'heure.

Parmi ceux que l'on peut choisir, il en est un qui consiste à embrasser le globe par un cercle de métal ACP, large de quelques centimètres, fixé aux deux pôles de manière que l'on puisse le faire mouvoir et tourner autour de ce même globe. Quand on veut savoir l'heure, on place le cercle de manière que son ombre soit la plus étroite possible, et la coïncidence de cette ombre avec les lignes horaires fait connaître l'heure qu'il est.

Voici un second moyen par lequel on connaît l'heure sans le secours d'un cercle mobile. On sait qu'un globe exposé au soleil a toujours une moitié de sa surface éclairée par les rayons de cet astre, tandis que l'autre moitié se trouve dans l'ombre; ces deux moitiés se touchent et leurs points de contact forment un cercle que l'on appelle *cercle d'illumination*. Ce cercle n'est jamais bien distinct, à cause des parties éminentes des surfaces que l'on ne peut jamais rendre parfaitement polies; et quand même on y réussirait, la largeur du disque du soleil empêcherait encore de bien l'apercevoir. On remarque toujours une bande plus ou moins large autour du globe, qui n'est ni parfaitement dans la lumière, ni parfaitement dans l'ombre; ce mélange d'ombre et de lumière forme ce que l'on appelle la *pénombre*, au milieu de laquelle le cercle d'illumination se prend toujours.

Le cercle d'illumination n'a jamais la même position; il varie comme le soleil, mais il coupe toujours l'équateur aux points d'Orient et d'Occident M et N, lorsque le soleil se trouve à sa plus grande hauteur méridienne; c'est donc sur ces deux points qu'il faut mettre le numéro de 12 heures; puis les numéros des autres heures de 15° en 15°, pris sur l'équateur ou l'équinoxiale du cadran; et les numéros des six heures seront, l'un au point le plus élevé, et l'autre au point le plus bas du même équateur, où il est coupé par le cercle horaire sur lequel se trouve le soleil à midi.

En traçant des cercles parallèles à l'équateur, on verra la variation des jours pour les divers pays de la terre. On pourra savoir aussi quelle heure il est à Rome, à Londres, à Pékin, etc., lorsqu'il est telle heure à Paris, en indiquant la position de ces villes sur le globe comme sur une mappemonde.

Nous allons donner, par supplément à cette partie, la manière de tracer un cadran solaire sur un plafond (*Fig.* 19.).

En général, l'heure est indiquée par l'ombre d'un style ou d'un axe qui parcourt la surface du cadran, et coïncide successivement avec les lignes horaires; mais ici elle se connaît par le moyen d'une petite ellipse plus ou moins allongée, que forme, en se terminant, sur le plafond une petite colonne de rayons solaires, réfléchie par un morceau de glace ou de miroir de la grandeur d'un sou, placé à l'extérieur de l'appartement, sur l'embrasure de la fenêtre la mieux exposée au midi. Cette ellipse change journel-

10

lement de place pour la même heure; mais, bien qu'elle varie sans cesse, elle arrive néanmoins sur les mêmes lignes droites horaires aux mêmes heures; car le cadran construit sur un plafond, n'est autre chose qu'un cadran horizontal renversé, dont l'axe a un point commun avec la base B de la colonne. Voici le moyen le plus simple et le plus sûr de déterminer la position de ces lignes.

Après avoir placé votre petite glace le plus horizontalement possible, placez un cadran horizontal sur la même fenêtre, ou dans un endroit qui n'en soit point éloigné; observez ensuite sur le plafond les divers points où se trouve l'ellipse à chaque demi-heure marquée sur le cadran horizontal; ces points seront ceux où les lignes horaires doivent passer. Pour en avoir d'autres qui fassent connaître la direction des lignes, faites la même chose pendant la nuit, au moyen de la lune, ou attendez un mois ou deux que le soleil ait changé sensiblement de position. Menez ensuite des droites par les points trouvés pour la même heure; ces droites seront les lignes horaires à l'extrémité desquelles vous placerez les numéros des heures.

Si vous voulez que ce cadran vous indique les saisons, marquez sur le plafond les diverses courbes décrites par l'ellipse le jour de l'entrée du soleil dans chaque signe du zodiaque. Le soleil entrant au signe du Cancer le jour où il se trouve le plus élevé sur l'horizon, ce sera la première courbe (♋) qui répondra à ce signe; la seconde (♌ — ♊) sera pour les signes du Lion et des Gémeaux. Cette courbe répond à deux

signes, ainsi que les suivantes, si l'on excepte la dernière, parce que les signes ont même élévation deux à
deux, excepté ceux du Cancer et du Capricorne, dont
l'un se trouve le plus bas et l'autre le plus haut. Par
la même raison, la troisième ligne (♍ — ♉) sera
pour les signes de la Vierge et du Taureau; la quatrième (♎ — ♈), qui est toujours une droite qui répond à l'equinoxiale du cadran, sera pour les signes
de la Balance et du Bélier; la cinquième (♏ — ♓), pour
les signes du Scorpion et des Poissons; la sixième,
(♐ — ♒) pour les signes du Sagittaire et du Verseau; la septième (♑) enfin, pour le signe du Capricorne.

Quand l'ellipse parcourra la première, vous conclurez que l'été commence; lorsqu'elle parcourra la
quatrième, vous conclurez que c'est l'automne, si le
soleil descend; vous conclurez au contraire que c'est
le printemps si le soleil monte; enfin lorsqu'elle parcourra la dernière, vous conclurez encore que c'est
le commencement de l'hiver.

Observation. Ces lignes des signes ne peuvent bien
se tracer qu'en observant la marche de l'ellipse lumi-
neuse sur le plafond, le jour où le soleil y fait son entrée. La lune pourrait servir, mais on n'aurait point la
même précision à beaucoup près.

Voulez-vous que ce cadran marque les quantiè-
mes, divisez l'intervalle de chaque signe en quinze
parties, de manière qu'elles se trouvent plus grandes
en plus grandes dans une certaine proportion. Vous
mènerez ensuite une petite courbe par chaque point

de division, que vous numéroterez comme vous le voyez dans la figure; et lorsque l'ellipse passera sur ces petites courbes ainsi numérotées, vous saurez combien on est avancé dans le mois courant.

Désirez-vous enfin qu'il indique quelle heure il est à Rome, à Vienne, à Constantinople, à Londres ou à Pékin, etc.? Lorsqu'il est telle heure à votre pays, prenez la différence des longitudes entre ces divers pays et le vôtre, que vous évaluerez en heures en divisant par 15°; écrivez ensuite le nom de l'endroit à côté d'une des lignes horaires, avec l'heure qu'il est à ce même endroit quand il est l'heure marquée par cette ligne horaire, et vous aurez le calendrier le plus accompli et le plus commode.

Je conviens qu'il faut beaucoup de soin et de patience pour tracer un semblable cadran; mais que ne doit-on point faire pour en avoir un si utile.

FIN.

ERRATA.

Page 22, lignes 1 et 3, *au lieu de* six, *lisez :* cinq.

Page 70, ligne 4, dans la lacune qui se trouve à quelques exemplaires, *mettez :* tous les points de.

Page 129, ligne pénultième, *au lieu de* 24, *lisez :* 12.

Pl I

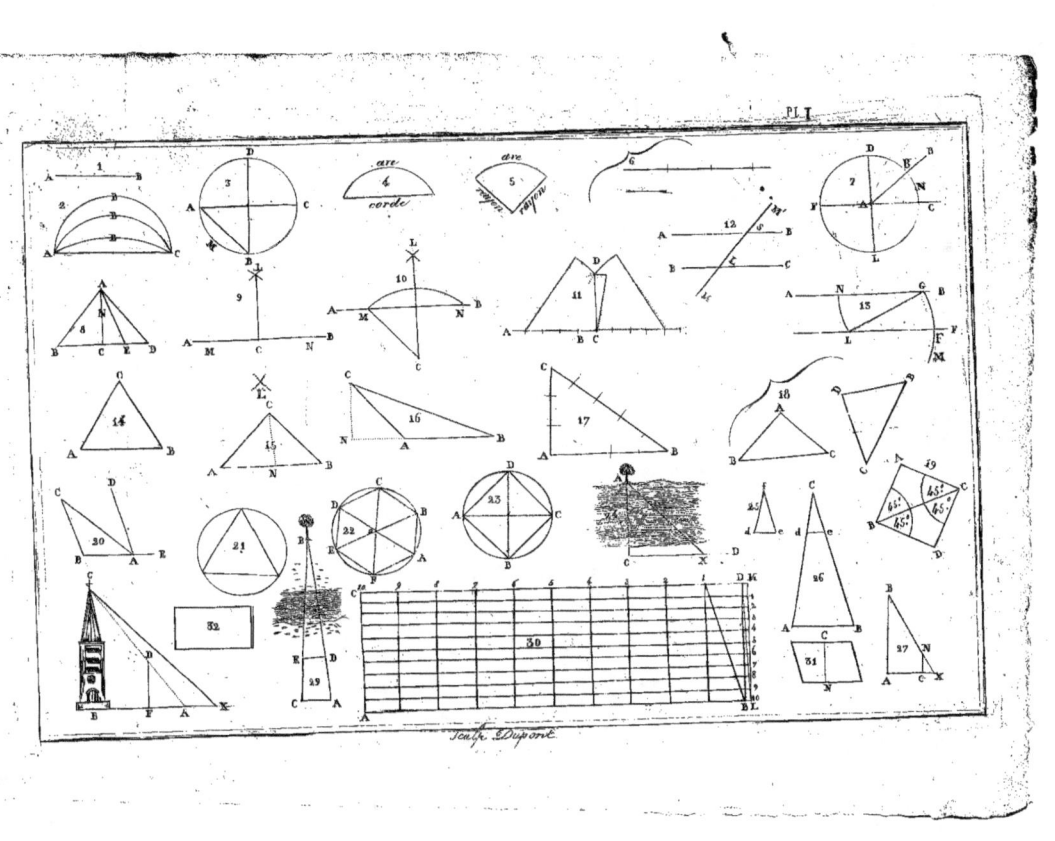

Sculp. Dupont

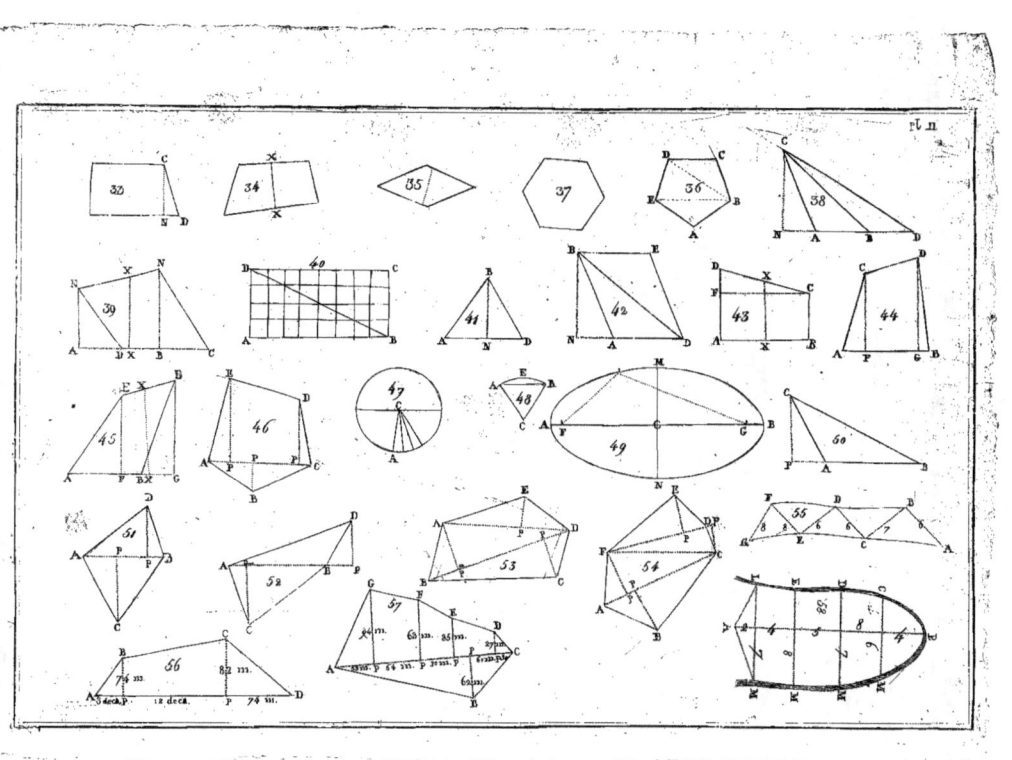

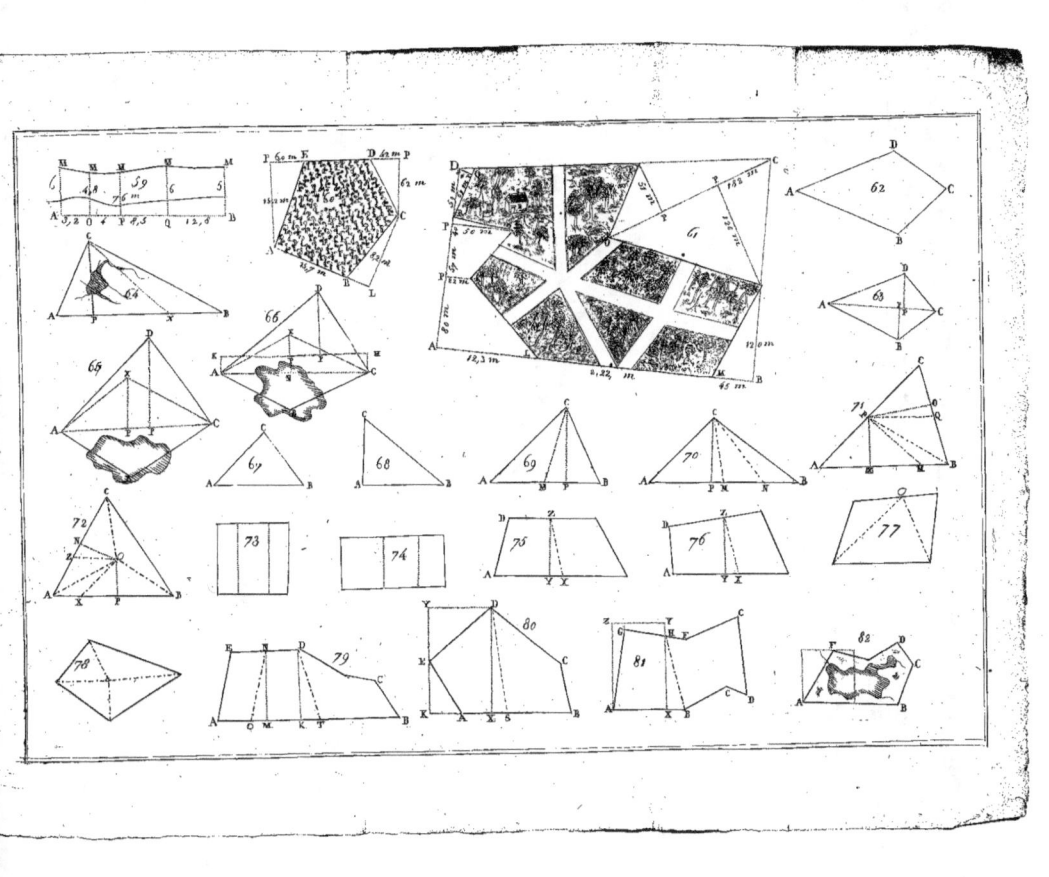

PL. IV

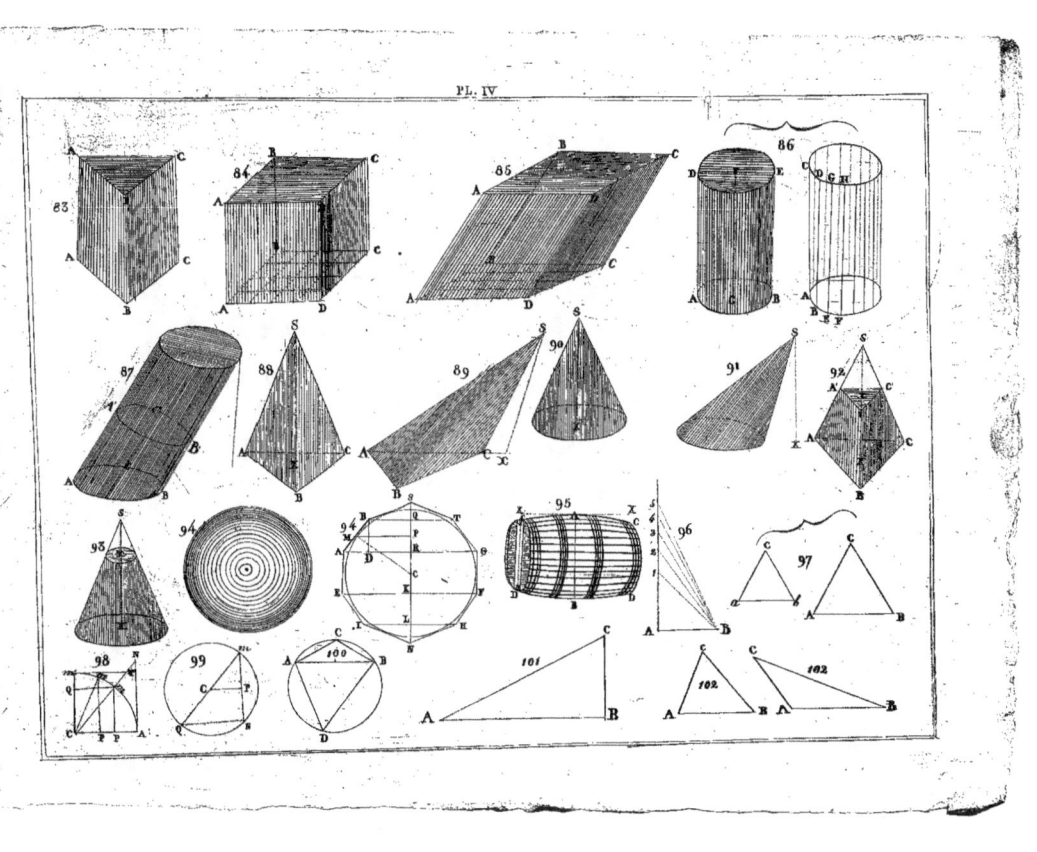

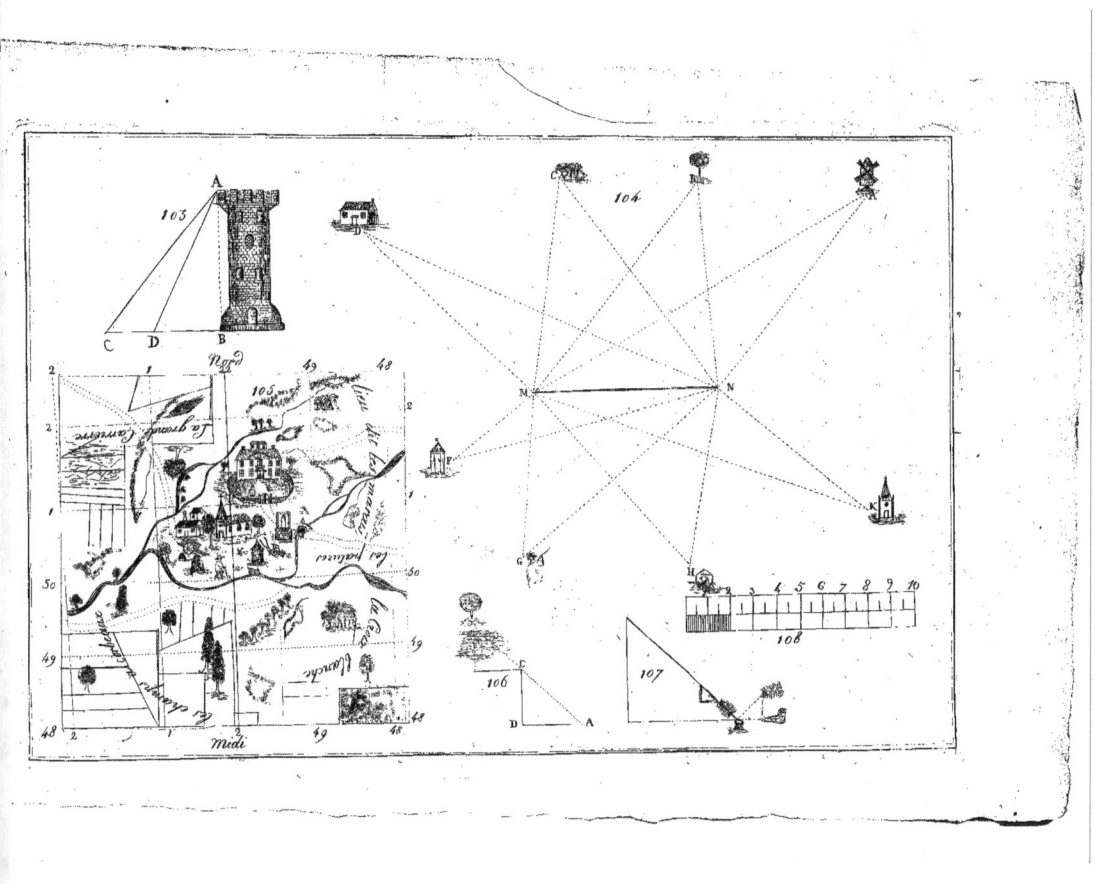

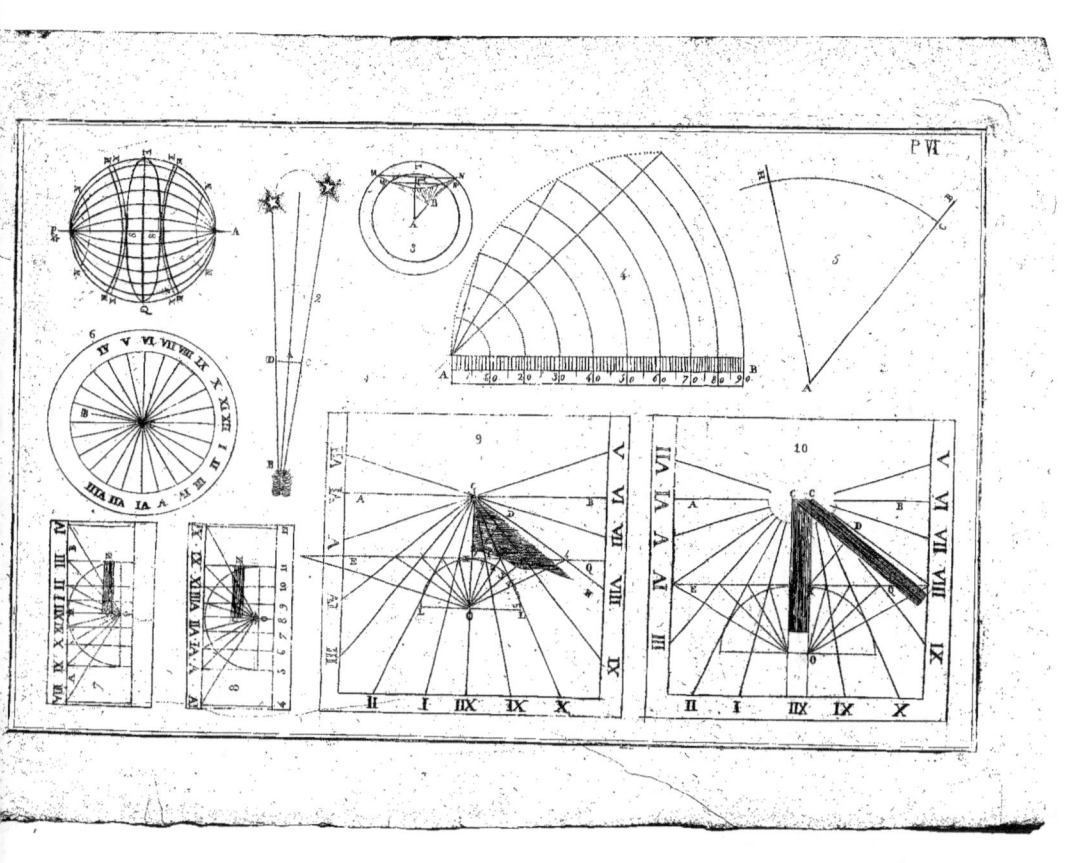

P VI

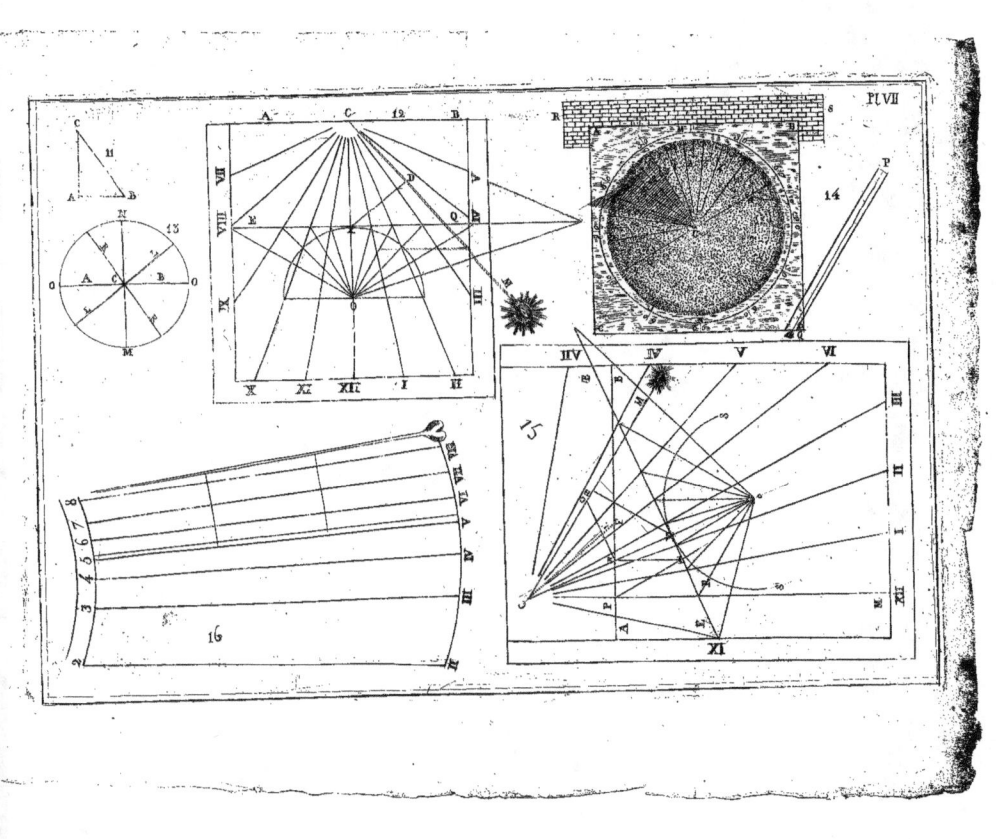

Pl. VII

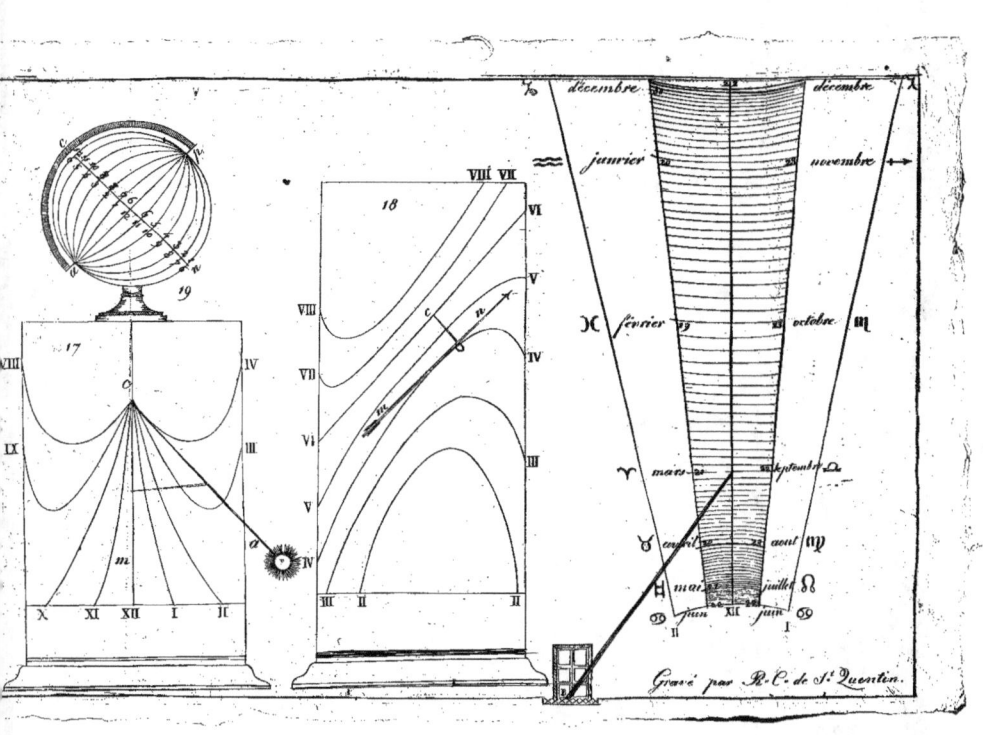

Gravé par R.C. de St. Quentin.

www.ingramcontent.com/pod-product-compliance
Lightning Source LLC
Chambersburg PA
CBHW070903030726
47504CB00005B/1438